転生王子と運命の恋は終わらない

ナツ之えだまめ

幻冬舎ルチル文庫

CONTENTS ✦目次✦

転生王子と運命の恋は終わらない

✦イラスト・鈴倉 温

✦カバーデザイン＝久保宏夏（omochi design）

✦ブックデザイン＝まるか工房

転生王子と運命の恋は終わらない

松岡一生《まつおかいっせい》はその日、妹・美里《みり》の二次会に遅れて到着した。披露宴会場のホテルから徒歩三分だったにもかかわらず、だ。

松岡の仕事は、税理士である。披露宴が終わった直後に、クライアントから電話が入ったのだ。思わず、相手先に文句を言いたくもなる。

「だから、あれだけ、普段から帳簿はマメにつけておけと言ったのに」

春が近いとは言え、雪のちらつきそうな日だった。松岡は、着ていたコートをクロークに預け、まずはパウダールームに寄った。

鏡に己の顔を映す。

三十二歳。

黒縁の眼鏡《めがね》をしていて、色白の冴《さ》えない男。それが自分。

身長こそ百七十六センチあるものの、肩幅と厚みがないために、ひとことで言って、貧相。どことなく薄幸そうな雰囲気が漂っている。

「妹が、俺に似ないでよかったよ」

本気でそう思う。

松岡は二次会会場に足を踏み入れた。広いガーデンテラスが売りのレストラン内は、床がチェス盤のような市松模様をしていて、華やいだ人たちであふれている。

看護師の妹が結婚した相手は、勤務先である大きな総合病院の跡取り息子だ。加えて、妹も男女問わず友人が多い。陰気で友人の一人もいない自分の妹が、こんな陽キャラとは。おもしろいものだ。

兄の目から見ても、妹はいいやつだ。

「二次会なんて、兄が出るものじゃないだろう」と言ったのに、「ぜひ、来てよ。おにいと、いっぱい話したいの」と懇願された。

松岡は、壁にもたれかかって、レストラン中央で白いスーツとミディ丈のドレスで笑顔を振りまいている新郎新婦を見た。

母親が亡くなってから、自分が妹を育てたようなものだ。看護師になると聞いたときには、もっと楽な職業を選べと言ったのだが、彼女は「お母さんによくしてくれた看護師さんみたいになりたい」と言って、譲らなかった。

えらいもんだ。

それが、まさか、大病院の息子に見初《みそ》められるとは。

彼女は、松岡に気がつくと、嬉《うれ》しそうに笑った。そして、花婿《はなむこ》と二人、こちらに近づいてくる。

「いい、こっちに来なくていい！」

そういう気持ちで手を振ったのに、妹は気にする素振《そぶ》りも見せない。

「おにい！　来てくれた！」

髪をアップにして、頬を紅潮させている。今日の彼女は、最高に美しかった。

「美里。そんなに、大きな声を出して。もうちょっとおしとやかにできないのか？　島田《しまだ》さんに笑われるぞ」

花婿である島田は、人のよさそうな笑みを浮かべた。

「大丈夫ですよ、お義兄《にい》さん。職場での彼女は、こんなもんじゃないですから」

「もう！」

美里が、島田の背中をバシバシと遠慮なく叩く。

「だって、ほんとのことだろう。それにしても、お義兄さん。こんなところにいないで、もっと真ん中に来て下さいよ。席を、ちゃんと取ってあるんですから」

そう言って、差し招かれるのだが、松岡は尻込《しりご》みしてしまう。

「いいよ、いいよ。どうせ、きみの仲間は医者ばっかりだろう？」

「そうですけど、お義兄さんの話、きっとみんな、聞きたがりますよ」

「そうだな。節税のすすめでもするか。顧客を増やす、絶好の機会かもな」

冗談めかして言ったのに、「そうですよ」と、婿殿は、言った。

「お義兄さんなら、安心して紹介できます」

「残念ながら、うちの得意分野は相続なんだ。それに加えて中小企業規模の会社経理と個人事業主が若干名。医療経理は、また、専門が違うんだよ」

「そうなんですね……」

島田はしょげた。

「病院と同じだね。大きくはみんなお医者さんだけど、専門があるもの」

美里は、納得している。

「島田さん。気持ちは、嬉しかったよ。妹を、頼む」

そう言って、頭を下げる。

「島田の家とは、釣り合わないかもしれない。色々、至らないところもあるだろう。でも、俺が言うのもなんだが、こいつはいいやつだ。だいじにしてやってくれ」

島田は、あわてたようだった。

「もう、お義兄さん、やめて下さいよ」

「そうだよ、おにい、こんなところでそんなことされたら、泰介《たいすけ》くん、困っちゃうよ」

二人は、松岡にしきりに顔を上げるように言う。

「それに、お義兄さん。自分が『いいやつ』に育てたのですから、堂々となさっていて下さい」

島田の目が、うるっとしている。

「俺は、頼りないところがあるけど、彼女がいて、叱って、励ましてくれたから、仕事を続けていく自信がついたんです」

見れば二人、手を握っている。

こいつは、いい男だ。スポーツマンで、頭がよくて、努力家で、医者で、おまけに性格までいい。

よほど前世でなにかいいことをしたのだろうか。どれだけ徳を積んだら、こんな人間になれるのか。まったくもって、疑問である。

もう一人、こういう人間を知っている。

久遠寺《くおんじ》。久遠寺宗昭《むねあき》だ。

高校のときの同窓生。彼も、医者をやっているはずだ。だが、もう、二度と会うことはないだろう。

きっと、向こうも自分のことなど忘れている。それでいい。それがいい。そう、思う。

思い出にふけっている松岡に、妹が言った。

「おにい、ひとつ、お願いがあるの」

このときばかりはしおらしい顔をして、彼女は両手を組んだポーズをしている。

「ああ、なんだ？　言ってみろ」

こいつが頼み事なんて、珍しい。

自立心旺盛で、看護師になるときにも、松岡が奨学金をもらったように、自分もそうするのだと言って聞かなかった。なんとか説き伏せて、学費を出してやったのは、自分グッジョブだ。

そんな、妹のお願いだ。聞けるものなら、聞いてやるつもりだった。彼女は言った。

「おにい、私のことばっかりだったじゃない？　そういうの、今日までにして欲しいの。これからは、自分のことを大切にして、おにいに幸せになって欲しいの」

ずきんと、松岡の心の奥が揺れた。こいつはなかなかに、痛いところを突いてくる。

「まあ、ぼちぼち？」

言葉を濁す。

「もう、おにい！　ちゃんと聞いてよ。約束してよ」

美里が頬を膨らましている。

「おいおい、今日は、めでたい日じゃないか。そんな顔は、似合わないぞ」

松岡は彼女の頬を軽くつまんで、笑ってごまかす。

「これからは二人で頑張れよ。でも、なにか俺の手が必要なときが来たら、言ってくれ。いつだって、俺は、おまえの味方だからな」

美里は、言った。

「頼もしい味方だね」

「じゃあ、そろそろ、俺は帰る」

妹が、残念そうな顔をした。

「え、もう、帰っちゃうの？」

「ちょっと疲れた。若い二人とは違うさ」

「そんなこと言って。まだ三十二歳じゃない。これからでしょ」

「そうだな」

クロークでコートを受け取ろうとしていたところで、「待って下さい！」と、新郎の島田に肩を摑《つか》まれた。

「びっくりした。どうしたんだ？」

「お義兄さんの友達って人が、ぜひとも会いたいって言ってるんです。帰らないで下さい。お願いです」

そう言って、彼は松岡の腕を摑むと会場に有無を言わさず、連れ戻した。

「そこにいて下さいよ。必ずですよ」

島田が嬉々《きき》として会場中央に戻っていく。

じわっと汗がにじんできた。

自分に医者の友達なんていない。

もしや、あいつか。

久遠寺か。

逃げないといけない。あいつの顔は見たくない。

それなのに、頭がクラクラし始めた。めまいがする。

呼びかけられた。

「よう、松岡」

その声の持ち主が誰かに気がついて、松岡は心から安堵《あんど》した。壁に背中を預ける。

「なんだ、平井《ひらい》か」

そうだ。平井なら、「友達」と言ってもいいかもしれないと、松岡は考える。

一年のときに同じクラスだった。お互いにどのグループにも属していなかったから、教室でたわいない話をしたり、たまに食堂でいっしょに昼飯を食べたりした。

彼は、スーツを着て、手にシャンパングラスを持っている。

「『なんだ』はないだろ。ご挨拶だなあ。おまえ、同窓会に来ないから、顔を合わせるのは、高校ぶりだろ。税理士になったんだって？　同じ大学のやつから聞いたよ。なに、どこかの事務所に入ってるの？」

そう言って、平井はその、少々そばかすの浮いた、人なつこい顔をほころばせた。松岡は説明する。

「一応、合同事務所には所属してるが、個人事業主に近いものがあるかな。事務所と備品は共同だが、顧客は基本、各々で分担してる」

「税理士なら、今の時期、忙しいんじゃないのか？」

平井が、もっともなことを聞いてきた。

「うちのクライアント企業はだいたい三月締めだから、ほんとうに忙しいのは四月五月かな」

平井は、特別にイケメンというわけではない。だが、この人っていい人なんじゃないかという気持ちを、こちらに抱かせる天才なのだ。そのじつ、高校のときに裏で二股、三股、四股していたという事実が、「人は見かけによらない」という格言を、松岡に思い起こさせるのである。

それでいて、国立大医学部に現役合格する要領の良さもある、如才《じょさい》ない男なのであった。

「俺は今、新郎の病院に勤務しているんだ」

そう言って、平井は内ポケットから名刺を一枚取り出して、渡してきた。『島田総合病院脳神経外科　平井保和《やすかず》』とあった。

「平井と申します。よろしくお願いします。松岡先生」

平井がおどける。

「平井こそ、先生だろ。平井先生って呼ばれてるんだろ」

「まあ、そういうことになっているな。あ、その裏に個人持ちの番号も書いてあるからな」

「用意がいいな。ここでナンパしようとしてたんじゃないだろうな」

平井はにやりと笑って否定しなかったところをみると、その通りだったらしい。

「まったく。変わってないな」

「人の本質は、そうそう変わらないんだよ」

松岡も名刺を取り出すと、裏に個人の番号を書く。

「それにしても、おまえが、俺にそんなに会いたがってるとは思わなかったな」

平井は払うように顔の前で手を振った。

「いやあ、おまえに会いたがっていたのは、俺じゃないんだわ。花嫁の兄がおまえだってのも、ついさっき知ったんだよ。おまえに会いたがってるのは、久遠寺だよ」

「久遠寺……？」

それは、ふい打ちだ。ずるい。動けない。逃げられない。

「ああ。あいつ、海外の有名病院で顧客をバッチリ摑んで、日本に凱旋《がいせん》してきたんだ。こんど、品川《しながわ》でお高い美容クリニックを開くってさ。けっこう業界じゃ注目されてるんだぜ。ほら、あそこで囲まれてる。会うまで、おまえが帰らないように引き止めてくれって頼まれてたんだ」

よし、帰ろう。

そう思って歩きだそうとした。その気配を、平井が察知した。

「なあ、頼む。あいつに会ってやってくれないか」

「いやだ。なんで、俺が会わないといけないんだ。用はない」

平井が、声をひそめて耳打ちしてきた。

「あいつさ、様子が変なんだよ」

様子が変……？

どう、変なんだ？

「昔も、かなりのものだった気がするが」

何せ、この自分――根暗で、眼鏡で、虚弱な、どこと言って取り柄のない男――に、熱烈に求愛してきたくらいだ。

松岡は、断固として彼を拒み続けたが、久遠寺はまったく懲《こ》りない男だった。

「なんていうのか、おまえとは前世からの縁だったとか言い出してるんだ」

「なんだと？」

松岡は、自分が倒れるのではないかと思った。

「嘘だろ……」

うめく松岡に、平井は肩をたたいてくる。

「わかるよ。衝撃だよな。俺には、それ以上は話してくれなかったんだが、おまえならもっと聞き出せるだろう。聞くだけ聞いてやってくれないか。おまえは特別な存在だそうだから」

平井は、ため息をついた。

「……あいつは、おまえがいいんだなあ。あんな目に遭ってもなあ」

平井にしみじみとそう言われると、いたたまれない。

「悪かったな」

「だから、ああなったんだろうなあ。医者としては興味深いけど、友達としては複雑だなあ」

平井が久遠寺とそこまで親しいと知っていたら、とっとと帰ったのに。

「で、いったい何があったんだ？」

「それは、おまえが自分で確認しろよ。そうしたほうがいい。お、こっちに来るぞ」

平井は、片手を上げる。

「ここだ、久遠寺」

「バカ、呼ぶな」

松岡は、逃げるタイミングを逸《いっ》する。顔が引きつるのを感じる。

一人のスーツ姿の男がこちらに来るのを、松岡は棒立ちで待った。彼は、いつだって、まっすぐに松岡のところにやってきた。

今、このときもそうだった。

松岡が、高校の二年間というもの、何度も退け、拒み、しまいには遠い場所に追いやった男。

二度と顔を見たくない男。

見たら、くるりと回れ右をしたくなる男。

だが、そんな松岡でも、久遠寺宗昭がとびきりの美男子であり、人目を引くことは否定できない。

服を着こなすのに理想的な身体《からだ》をしている。身長は松岡よりやや高い百八十センチちょっと、手足はすらりと長く、顔は小さく整っている。

髪は軽くウェーブしていて、瞳の色とともに淡く、ときに金色に見えたりする。

「相変わらずの王子っぷりだな」

平井が言った。

王子。それは、小学校のときにつけられたという、久遠寺のあだ名だ。賭けてもいい。きっと生まれたときから王子だ。

久遠寺宗昭は、父親が実業家、母親はヴァイオリニストという、金と芸術的素養に恵まれた一家の末っ子らしい。兄は世界的企業のＣＥＯ、姉はピアニストだ。飛び抜けた容姿に頭脳明晰《めいせき》、運動神経もよく、おまけに性格まで穏和で人望があった。

高校二年のときには、当然のように生徒会長をしていた。

「……なんで、あいつは、あんなに嬉しそうなんだ」

松岡はぐったりしながら愚痴《ぐち》る。平井は当然というように、言った。

「おまえに会えたからだろ」

松岡は反論せずにはいられなかった。

「あいつは、俺があいつを嫌っていることを、わかっていないのか」

「わかってないわけないだろ」

平井は、そう言った。

「わかってるさ」

だよな、そうだよな。松岡は一人うなずく。

俺は、はっきり言ったし、久遠寺は理解したはずだ。

「松岡、久しぶりだね」

久遠寺が、松岡の前に立った。

つやつやできらきらの王子オーラを放っている。

彼は、シャンパングラスを片手にしている。胸のポケットチーフはシルクだろう。つやめいていて、きちんとネクタイの一色を拾っている。

「平井、松岡を引き止めておいてくれてありがとう」

そんなことを言うな。まるで、もう平井には用がないみたいじゃないか。平井は肩をすくめると、「じゃ、俺は、ここで」と、松岡の背を軽く叩いた。

「あとはよろしくな、松岡」

「あ、待ってくれ、平井。行かないで」

松岡は情けない声を出したが、平井はとっとと去っていってしまった。

あとに残されたのは、久遠寺と松岡の二人きりだ。気まずい。じつに、気まずい。

久遠寺は言った。

「また会えて嬉しいよ」

「うお？」

今、目の前がチカッとしたぞ。まぶしい。

こいつは、画像編集アプリなしで特殊効果を放つことができるんだろうか。

松岡は、ため息をついて肩の力を抜いた。

「俺は、まったく嬉しくない。もう会うことはないと安心していたのに。おまえが、どうしてそんなに喜色満面でいられるのか、俺にはわからないよ」

「だって、ぼくは、松岡のことが大好きだから」

「そりゃあ、昔のことだろ。ずっとずっと前のことだ」

この、誰にでも優しい王子様、久遠寺は、松岡に隙あらば話しかけてきた。

「俺は、おまえともう話したくない。話すことなんてない」

松岡はできるだけ相手にしなかったのだが、彼はめげることなく、しまいには「ぼくは松岡が好きなんだ」と公言して、はばからなかった。

なんでだ。

同性。根暗。貧乏。虚弱。

好かれる要素があるとは思えないのに。

「覚えてる？　ぼくの告白」

「あんなトンチキな告白、忘れたくても忘れられるわけがないだろう」

二年の終わりに、校舎裏に呼び出されて、とうとう真っ正面から告白された。

「トンチキじゃないです。ものすごく、一生懸命な告白です。当時のぼくの、精一杯の想いを込めたんだから」

「はあ」

――もう、わかってると思うけど、きみのことが好きなんだ。ぼくは、運動神経も頭も性格もいいから、つきあったら、いいことがたくさんあると思うよ。ぼくにできることなら、なんでもしてあげるから、言って下さい。

目の前の久遠寺はうっとりとした表情を浮かべていた。

おいおい。

「おまえの告白に対する俺の返事のどこに、そんないい思い出になる材料があったんだよ？」

「だって、松岡が、真剣にぼくの気持ちに応えてくれたんだよ。すごく、嬉しかったよ」

そう言われて、松岡はあきれてしまう。こめかみがひきつりそうになる。

松岡の返事は、「わかった。つきあう」ではあった。

——ほんと？　ほんとだね？

嬉しさでいっぱいの久遠寺に、松岡は言ったのだ。

——つきあったら、言うことを聞いてくれるんだよな。

——うん、もちろん。

——だったら、二度と、俺に顔を見せないでくれ。できれば、俺の手の届かないような遠くに行ってくれ。

ひどい。

我ながら、ひどいセリフだ。

あのときの、久遠寺の顔を、忘れることができない。絶望と、情愛と、諦念《ていねん》と。

静かに、すべてを受け入れた、そんな表情。

高校生が、するような顔ではなかった。

彼は言った。

——わかったよ。

彼は、それでも、わずかに微笑《ほほえ》んでいた。何度も思い返す。あの顔。そのたびに、胸が痛んだ。

三十二歳の久遠寺が、目の前で話している。

「遠くに行って欲しいって、松岡のお願いだからね。ぼくも、一生懸命考えたんだよ。医者になる将来の夢は捨てられないから、九州の全寮制の学校に転校して、日本国内でとりあえず医師免許だけ取って、それから、海外に行って、そこでずっと仕事をしていたんだ。アメリカ東海岸だから、けっこう離れているでしょう?」

そう言って、彼は、得意そうに、胸を張った。

いったい、自分にどう言って欲しいのだろうか。

「そうだな。離れているな」

そんなことを口にするのがせいいっぱいだ。久遠寺は、そんな松岡の戸惑いに、頓着《とんちゃく》した様子は見せない。

——あんたのせいで、久遠寺くんが転校していっちゃったんだからね。

久遠寺の転校直後、女子生徒たちにさんざんなじられたものだった。

「まさか、おまえが実行に移すとは思わなかった」

「言ったでしょう。できることだったら、なんでもしてあげるって。松岡は意地悪でそんなこと言う人じゃないからね。ほんとに、ぼくに遠くに行って欲しかったんでしょ。願いは聞くよ。約束だからね」

さすがの松岡も、当時は後悔した。

だがそのあと、風の便りで、久遠寺が海外で立派に医者をやっているのを聞いた。おそらく、自分のことなんて忘れているだろう。

自分にちょっかいをかけてくるのを除けば、久遠寺は決して悪い男ではない。そして、松岡もまた、そこまで悪人にはなれない。遠くにいさえすれば、久遠寺の幸せを願うことも、やぶかさではない。

それが、どうして。

「でも、もう、終わり。学びたいことも学べたし、事情が変わったから。これからは、日本で暮らすよ」

「事情が変わった？」

松岡は、その可能性に気がつく。気持ちが一気に明るくなった。

「おまえ、もしかして、結婚するのか。そうなんだな。おめでとう！　いや、めでたい」

「違うよ」

久遠寺はあきれたように言った。

「なに、言ってんの。松岡からも、もちろんぼくからも別れの言葉は出てないんだから。だから、ぼくたちは、今でもつきあってるんだよ」

「……」

その発想はなかった。

恐《こわ》い。実害はないけど、実質、ストーカーではないか。

「ぼくは、浮気なんてしないよ。離れていたって、ぼくの気持ちは高校のときのまんまだよ。好きだよ」

そう言って、彼は、にこにこと相変わらずの表情を浮かべた。

ひらひらと花が散るみたいに。

「ううう」

彼に返す言葉が見つからない。こめかみがピクピクと引きつっている。

こいつ……——今まで「つきあっていた」って本気なのか？　ないないないない。離れてから、何年経《た》っていると思っている。

なに血迷ったことを言ってるんだ。

あんな仕打ちをした男、すなわち自分に、優しく微笑みかける。それどころか、好きだと言う。つきあっていると言い切る。

松岡は、久遠寺をますます遠ざけたくなっているのを感じた。

人は変わるものだ。だから、生きていける。

母は、父と離婚するときに、つらかっただろう。だが、次第に三人での暮らしに慣れていった。

母が亡くなったときには、妹と二人、泣き暮らした。それもまた、今は昔の話だ。

そうやって、忘れてしまえるから、次に行ける。

それなのに、久遠寺は違うというのだろうか。

「……勘弁だ……」

「松岡？」

「なんで帰ってきたんだ？　海外ですごい実績を積んでたんだろ。それをわざわざ蹴《け》って帰国した理由はなんだ？」

「あー、それね。うーん、どこから話せばいいかな。松岡を驚かせちゃうかも」

今までの発言だけで、すでにお腹《なか》はいっぱいだ。

「もう、たいていのことには驚かねえよ」

「じゃあ、言うよ」

久遠寺が口にした言葉は、あまりにも衝撃だった。

「ぼく、前世では、王子だったたんだよ」

あまりにあまりな発言だった。口があきっぱなし。目を見開きっぱなしになる。

反して久遠寺は、ぴかぴかの、特上の笑みを浮かべて、言った。

「そこはこの地球とは違う世界なんだ。いわゆる異世界だね。魔法もあって、竜もいたよ。そこでぼくと松岡は、熱烈な恋人同士だったたんだよ」

「ラノベか？　ラノベの世界観か？　なにを読んだ？　おまえ、冗談にもほどがあるぞ」

やべえ。こいつ、やべえ。

「ぼくは、冗談なんて言ってないよ」

松岡は、じりっとうしろに下がった。

「ちなみに、ぼくは王子でアスラン、松岡は魔法使いでヨナーシュっていうんだよ」

「名前まであるんかい！」

――こいつ、とうとう。どうしよう。どうしたら、いいんだ。

だれか、教えてくれ。こういうときには、どう対応したら、いいのかを。

平井ー！　こんなやつを置いていくな！　対処に困るだろうが！

あまり逆らわないほうが、いいんだろうな。

深呼吸をしてから、松岡は小声で言った。

「そ、それは凄いな……」

「そうなんだよ。ぼくたちの縁はそんな前から続いていたんだね」

「……」

返答に困る。

「うん」と言ったら、彼の話を認めることになる。

「ちがう」と答えたら、彼がむきになりそうだ。

なにも言えずに、ただただ、彼の顔を見続けた。

たいへんなことになった。これは、たいへんなことになった。あのときに彼に冷たく当ったのは、これを恐れていたからではなかったか。彼は、あまりにも真剣で、まっすぐに自分に向かってきた。

「松岡。信じてないのかな？　ちゃんと、証人だっているのに」

「証人……？」

自分の声がうつろに響いた。

「今から、うちに来られる？　ちょっとでいいから。おいしいコーヒーをご馳走《ちそう》するよ」

彼があまりにも自信ありげなので、松岡はうなずいた。


バカバカ、俺のバカ！

タクシーの後部座席で、久遠寺と並んで座りながら松岡は後悔していた。

なんで、ついて来ちゃったんだよ。相手は、普通じゃないんだぞ。信じられないことに、高校二年の終わりから、ずっとずっと、自分とつきあっているのだと、三十二歳の今日に至るまで、信じ切っている男なのだ。

そればかりか、前世は異世界で王子だったと主張している。

やべえ。やべえだろう。

長い足を組んで、片方の膝に肘《ひじ》を突き、久遠寺はタクシーの窓から外を見ていた。

いったい、なにを考えているんだろうか。もしかして、行ったら、そのまま監禁されてしまうのではないだろうか。こいつは、今、普通じゃない。

でも、自分にもわずかながらあった、好奇心に松岡は負けたのだ。

——ちゃんと、証人だっているのに。

そう言われてしまったら、その証人がどんな人で、なにを言うんだろうと思うではないか。

「あのさ、ガチガチの新興宗教とかじゃないよな？　おまえのうちに行ったら、髭《ひげ》を蓄えた山羊《やぎ》のような教祖様がいて、変な祈禱《きとう》をされて、監禁されちゃうとか……」

「なに言ってるんだよ。そんなこと、あるわけないじゃない」

ごくごくまっとうな返答に、松岡は胸を撫《な》で下ろしたが、肝心なことを忘れかけていた。

前世王子と自称する時点で、こいつはすでにまっとうではないのだ。変な汗が出てきた。

松岡は眼鏡を外すと拭いた。

きれいになった眼鏡で、改めて久遠寺のほうを見る。彼はこちらを見ていた。首の後ろがぞわぞわする。彼は、にっこり笑った。

なんてことはない。会場から、久遠寺の家までは、タクシーで五分とちょっとの距離だった。

タクシーは、タワーマンションのエントランス前についていた。

「着いたんだよ。ここが、うち」

なんということもないように彼は言った。

「だから、なんだ？」

動揺している松岡に、久遠寺は、身を傾けてきた。

「な、なんだ？」


部屋に入ったときに、久遠寺は言った。

「ささやかな我が家へようこそ」

ほかのやつだったら、嫌みだと思うところだ。

コンシェルジュつき、広いロビーに前衛的な巨大アレンジメントフラワーがある、品川のタワーマンションの最上階に、彼の部屋はあった。船の舳先《へさき》のようなV字の先端部分に位置しており、両側からメインルームに夕方の光が降り注いでいる。

白を基調とした室内は、機能的かつ品のいいもので揃《そろ》えられている。どれも、お高そうだ。広々としていて、明るい。

この部屋は三十八階に位置しており、窓の外には高所恐怖症だったら気絶ものの街並みが広がっていた。

「久遠寺。これが『ささやか』なんだったら、向こうでは、どんなところに住んでたんだ」

「ボルチモアってところに住んでいたんだけど、ノースウェスト港に面したところにあるタウンハウスに住んでいたんだよ。ベッドルームが四つに、浴室が三つあった。プールと広いテラスがあって、夏には泳いだあと、川の風に吹かれながら涼んだもんだよ」

「ほー、そうですか」

うらやましいとかの前に、あまりにも違いすぎて、映画スクリーンの向こう側の出来事のようだ。

「結婚式の引き出物は、そこに置いておいて。コートはこれにかけて。ソファでくつろいでてね。コーヒーを淹《い》れるから」

松岡は、室内を見回す。ドアはいくつかあって、それは寝室だのウォーキングクローゼットだの、バスルームだのに繋《つな》がっているのだろうけれど、謎の祈禱師が現れる気配はなさそうだ。

松岡は、ほんの少し、肩の力を抜いて、ソファに腰かけた。

「いい部屋だな」

そう言いながらも、ふと違和感を覚える。

神棚があるのだ。

部屋の壁に、白木の棚があり、榊《さかき》の枝が祀《まつ》られている。お札もなにもない。だが、それ自体はいい。久遠寺だって日本人なのだから、神棚ぐらい祀るだろう。問題は、そこに置かれているものだった。

「久遠寺、これは……」

「ああ、やっぱりわかる？」

彼は、嬉しそうにこちらを見た。

「ヨナーシュなら、気がついてくれると思ったんだよ」

松岡は立ち上がり、自分の目の高さにあるその神棚、およびそこに置かれているものをつくづくと見た。

それは、何人かの手を経ているらしく、少々汚れてはいるが、それでも充分に可愛らしい、ウサギのぬいぐるみだった。お尻を着いて、両手を前にしている。

しかし、それが、神棚に祀られているのは、異様だった。

「なぜ、ここに……？」

「これはね、ボルチモアの古物商で売られてたんだよ。スヴェトラ、スヴェトラ。ほら、ヨナーシュだよ」

久遠寺は、ぬいぐるみを手にすると、しきりとそのピンク色の耳にささやきかけている。

「松岡。スヴェトラの声が聞こえる？」

「スヴェトラの声？　……聞くって、なにを？　もしかして、音声レコーダー内蔵なのか？　それとも、スピーカー？　再生してみてくれよ」

久遠寺は、明らかに失望したようだった。両肩を落とす。

「おかしいなあ。スヴェトラは、ヨナーシュなら、フラムが大きくて頑丈だから、話すのはもちろん、姿を見ることも可能だって言っていたのに」

「また新しい言葉が出てきたな。フラムって、なんだ、それは」

「おそらくは、『魂《たましい》の器』っていうのが、一番近いと思う」

久遠寺は説明した。

人間は、各々《おのおの》魂の器、フラムを持っている。それは、身体が各々で異なるように、頑強さも大きさも違っている。

「転生前の世界では、フラムの実在が証明されていて、そこに魔力を溜《た》めて様々に応用できたんだ。この世界で言えば『魔法』だね。身体能力に優れている者がアスリートを目指すように、フラムに恵まれている者は魔法使いになることが多かったんだ」

「設定が詳細だな……」

どうしようと思いながら、ぬいぐるみから目をそらして久遠寺を見た。

「スヴェトラって言いにくくないか。もっと発音しやすい名前にするわけにはいかなかったのか。スウちゃんとか」

なんてことを言うのかと久遠寺が血相を変えた。

「スウちゃんなんて。スヴェトラが怒るよ？　ヨナーシュの師匠でしょ。わがオルレリア一の魔法使いにして守護神、浮遊大陸《ふゆうたいりく》の魔法学校校長なんだからね」

「そのオルレリアってところが、おまえが前世で王子をしていたところなんだな？」

「そうだよ！　思い出してくれた？」

「いや、ぜんぜんだ」

というか、思い出すもなにもないだろう。

「ちなみにオルレリアは国か？　都市か？　地方か？」

「国だよ。けっこう、大きな国。ぼくは、そこの王子アスランだったんだ。正式にはアスラン＝ド・オルレリアだね。うーん、だめかあ。スヴェトラは、ヨナーシュは魔法使いだから、すぐに思い出すって言っていたんだけどなあ」

「オルレリアって、人材不足だったのか。ウサギのぬいぐるみが魔法使いだなんて。それとも、人だけじゃなくて、ぬいぐるみに転生するってこともありうるのか？」

じっと、久遠寺が自分を見つめている。松岡はハッとした。もしかして、久遠寺にはこれがぬいぐるみではなく、偉大な魔法使いに見えているのだろうか。

だが、違った。

「もう、松岡は、なにを言っているんだよ？　このぬいぐるみが魔法学校の校長を務められるわけがないだろ？　スヴェトラの魂の一部だけここにあるんだよ。本体はオルレリアなの」

久遠寺はそう言うと、「だめか。スヴェトラと話したら、思い出すかと思ったんだけどね」とぶつぶつ言いながら、コーヒーを淹れに戻る。

「スヴェトラ、ねえ」

松岡は神棚のぬいぐるみをじっと見つめる。縫い目は細かくて揃っているが、ミシンではなく手縫いらしい。耳の内側がピンクだ。赤い目はガラス玉にしては美しい。汚れているのが惜しい。ボディは元は白かったと思われるのに。

松岡は眼鏡を外して、つくづくと見つめた。

「いい、ぬいぐるみだな」

「そうでしょう。それを、古物商で見つけたときには、びっくりしたよ。だっていきなり、その子が話しかけてきたんだもの」

「そんなこと、あるか」と突っ込みを入れたかったが、逆らってはいけない。

眼鏡をかけて笑おうとするのだが、どうしても顔が引きつってしまう。

「そうか。話しかけてきたのか。それは驚くよな」

「うん。それと同時に、オルレリアの記憶が蘇《よみがえ》ったんだよ」

久遠寺いわく。

さながら、パソコンのバックアップデータが書き戻されたように、今までなかった記憶が、一気に書き足されたのだそうだ。

「なかなか、強烈な体験だったよ。ぼくのフラムが満杯寸前になるまで、オルレリアの記憶が書き足されて書き足されて、すごい衝撃に倒れそうになって、店の人に心配をかけてしまった」

刺激しないよう、刺激しないよう。

「ふ、ふーん」

コーヒーのいい匂いが立ちこめてきた。

「できたよ」

王子自らがコーヒーカップを手渡してくれた。いい豆を使っているのだろう。かぐわしい香りがしていた。頬が緩む。

「はい、松岡は胃が弱いから、ミルクたっぷり。お砂糖は抜きでいいんだよね」

「よく知ってるな」

久遠寺は微笑んだ。

「大切な人のことだからね。忘れるわけがないでしょう?」

こいつは、こういうやつだった。

「そういうこと言うの、やめろって」

「なんで? ぼくたち、つきあっているんだよね」

「ふつうは、十五年も会わなかったら、それは自然消滅されたとみなされる」

「そうなんだね」

「だから、俺たちの関係もなしだ」

「それは、むりだよ。ぼくは松岡のことも、転生前のヨナーシュのことも、両方愛しているもの。松岡と会えなくても、その気持ちは変わらない。もちろん、松岡と話をしたり、ふれあえるなら、世界で一番幸せだけどね」

どうしたものか。

話が通じない。

苦い顔で口に含んだコーヒーだったが、うまさにうなってしまった。

「おいしいな、これ」

コーヒー専門店でも、こんなおいしいコーヒーは飲んだことがなかった。

「お口に合ってよかったよ」

そういう久遠寺はせっかくのコーヒーに氷を入れている。彼は、熱いものが苦手なのだ。

ひとしきり、コーヒーを味わうと、松岡はカップをローテーブルに置いた。立ち上がって、改めてぬいぐるみを見る。「さわってもいいか?」と久遠寺に確認したのち、それを手にした。

くるくると手の中でひっくり返したり、ぎゅっと握ってみたりする。

ぬいぐるみだ。間違いない。

「この薄汚いぬいぐるみが、どうしたんだって？」

「もう。松岡。レディィに失礼だよ」

うん。レディ。レディなのか。

松岡にはなにも聞こえないし、見えないのだが。

「スヴェトラは相変わらず元気そうな声で安心したよ。ちょっと汚れてしまったのは、しょうがないよ。スヴェトラは、このぬいぐるみを物理的に動かす力はないから、ぼくのところに辿《たど》り着くまで時間がかかったそうだから」

「はあ、なるほど」

「もう、信じてないの？」

「信じるもなにもねえだろ」

おまえが王子で、俺は魔法使い。

ふんふん、なるほど――……って、なるわけがない。

そう言いたかったが、口にはしなかった。久遠寺は勝手に納得している。

「ぼくは松岡のこと、一目見たときから、気になっていたんだけど、それって前世の縁があったからなんだね」

「俺は、おまえが苦手だった」

「そうだよね。ねえ、初めて話したときを、覚えてる？　高校最初のテストの成績順位掲示板の前だったよね。ぼくが一番で、松岡が二番だった。掲示板を見ている松岡に、『二番、おめでとう』って、話しかけたら、『ああ?』って……——殺されそうな目で見られたっけ」

「トップとった人間に言われても、皮肉としか思えないだろ」

「そんなことないよ。僅差《きんさ》だったじゃないか。中学校からあのときまで、正直、いつだって、ぶっちぎりのトップだったんだ。初めてだったんだよ、あそこまで詰められたの」

「こっちは、生活がかかっていたからな。おまえが、俺を好きになったのって、頭がまあまあよかったからなのか?」

松岡は彼に慎重に聞いてみた。もしそうであるのだったら、松岡よりも頭がいい人間など、いくらでもいる。そう言って、理詰めで説得する材料になる。

「なんで好きなのかって、松岡だからだよ」

口の端がぴくぴくした。なんだかむずむずする。

「おまえ、変な話をするのはやめろ」

「変な話じゃないよ。たいせつな話です。それに、松岡は、笑った顔が、すごくいいです」

笑う……?

「俺は、おまえの前で笑った記憶がないんだが」

「あるよ。今でも覚えているよ。しっかりと。高校の二年間で三回も」

「三回……」

久遠寺は、指を折りながら教えてくれた。

ひとつめ、久遠寺が猫舌であることを知ったとき。

ふたつめ、久遠寺が土下座写真を見せたとき。

みっつめ、体育を見学していた松岡に、「ぼく、医者になるよ。それで、松岡のことを元気にしてみせるから」と言ったとき。

「そう、三回もだよ」

こいつは、不憫《ふびん》すぎる。

世の中は、まったくもってままならない。

久遠寺なら、どんな美女だって、なびきそうなものなのに。

なにをとち狂ったのか、同級生の、しかも、男に片想いをして、こじらせ、人生を誤って、暴走している。

松岡はぬいぐるみを睨《にら》みつけた。

「それで、その前世とやらをぬいぐるみが、語るんだな」

「そうだよ」

「今も、聞こえているのか？」

「ううん、あんまり。ぼくは王子であって魔法使いではないからね。ここの世界には、もともと、魔力がないとは言わないまでも、ひどく薄いらしいし」

「……そうか。それは、よかった」

松岡は、むんずとぬいぐるみの耳を握った。そして、首を引っこ抜こうとした。

「いやあああああ！　松岡、なにするんだよ。スヴェトラが、泣いてるよ！　悲鳴あげてるってば！」

さすがの久遠寺も驚いたらしい。松岡を、突き飛ばさんばかりにして、ぬいぐるみをその手に取り戻した。

「ひどいじゃないか！」

だいじそうにそのぬいぐるみを抱きしめると、恨みがましく、こちらを見る。

三十過ぎの美男が、泣き出しそうな顔をして、ぬいぐるみを抱いている。その絵面《えづら》が凄《すさ》まじい。

心を鬼にして、松岡は言った。

「こんなウサ公のぬいぐるみなんて、捨ててしまえ。こんなもんがあるから、いけないんだ」

「いやだ。捨てるなんて考えられないよ」

いくら、心理的ストーカーだとしても、加えて、こいつの求愛を受け入れる気がなかったとしても、これ以上、病状が進んだらまずい。

まずは、こいつとこのぬいぐるみをなんとかして、引き離さないといけない。

松岡は、猫なで声を出した。

「わかった。おまえのいないところで、落ちついて、話しあってみるよ。だから、このぬいぐるみは俺が預かる。な、こっちによこせよ、久遠寺」

松岡は、久遠寺に対して、ここまでしたことはない、優しさを見せた。

だが、久遠寺は、決してぬいぐるみを離そうとしない。

「預かるだけだ。危害は加えない」

「今、首を引っこ抜こうとしたよね」

当たり前だが、信用がない。

「それは、あの、あれだ。中がどうなっているのか、確かめようとしたんだよ。もうしないから」

「ほんとうに?」

なんとしても、このぬいぐるみをこいつから遠ざけねばならない。側《そば》に置いておいたら、しょっちゅう、話しかけるだろう。それだけだったらまだいいのだが、また、話しかけてきたと言い出すのに違いない。

それは、まずい。

「ほんとうだ。久遠寺」

松岡は、役者になった。

ウサギのぬいぐるみを抱いている久遠寺のかたわらに行くと、間近から彼の瞳を覗《のぞ》き込む。

舳先のような窓から入ってくる光に輝く、特殊効果の瞳。

こいつ、顔がいい。とにかく、顔がいい。

この男の言動が気に食わなかろうと、心理的ストーカーだろうと、彼が美形であることは疑いようもない。その彼の顔を真っ正面から見据えて、松岡は言った。

「おまえの恋した松岡一生が、嘘を言うはずがないだろう?」

「でも、たった今、引きちぎろうとしたよね」

チッ、だめか。松岡は舌打ちする。

こんなんで騙《だま》されてくれるわけがないか。

しょうがない。違うところから攻めていこう。

「スヴェトラも俺と二人きりになったら、話してくれるかもしれないぞ」

「…………」

まだ、久遠寺は迷っている。

しょうがない。最後の手段だ。この身を切り売りしよう。

「俺と、アドレス交換しないか」

「え」

久遠寺の気持ちが揺らいでいるのが、手に取るようにわかった。

高校のころ、どんなにアドレス交換をしようと言われても、決して首を縦に振らなかった。

あんまり言うので教えた電話番号は、近所の派出所のそれだったりする。

「おまえの大切なスヴェトラを預かるんだ。そのくらいはするよ。欲しいだろ、俺個人の携帯アドレス」

ころっと久遠寺は態度を変えた。

「そうだよね。積もる話があるよね。しょうがないな。スヴェトラ、そんな顔しなくても平気だよ。松岡は優しいからね」

なんて、調子がいいんだ。

ぬいぐるみが話せたとしたら、「私を売るのか、この大ボケ王子ー！」とでも、叫んだのに違いない。


松岡はスヴェトラぬいぐるみを片手に、自分のマンションに帰りついた。ごくごく庶民的な、日当たりがあまりいいとも言えない3LDKに、やすらぎを覚える。

「これだよな、これ」

夢の国の遊園地から、ようやく自分の世界に帰ってきたかのような心地だった。

ウサギのぬいぐるみを、自宅リビングのこたつの上に置いてから、気がついた。

「まずい。引き出物を久遠寺んちに置いてきちまった。道理で軽いと思った」

もし、妹がいたとしたら、「しょうがないなあ、おにいは。しっかりしているようでいて、肝心なところで抜けてるんだから」、そう言って、自分を叱ってくれただろうか。

だが、彼女はもうこの家にはいない。自分ではない誰かが、これからは、彼女を幸せにしてくれるのだ。

寂しい。

もう彼女の世話を焼くこともないのだ。

それにしても、引き出物。中のものはとにかく、妹夫婦が多忙な中、選んでくれたものだ。このままはまずいだろう。

「いやだが久遠寺に連絡して、会社に送ってもらうしかないか」

彼と再び連絡をとるのは、まったくもって気が進まないことこの上ないが、しかたない。

「オルレリアかあ」

こたつに足を突っ込んで、足を伸ばす。そうすると、ぬいぐるみと視線が合った。

「スヴェトラ……？」

ほんとに発音しにくい名前だな。

「まったく、おまえは、よけいなことをしてくれるよ」

指先で、ウサギの鼻先をはじく。できたら、二度と久遠寺の目にはふれさせたくない。前世王子病が悪化したら困る。どうしよう。

耳を摑んで持ち上げ、ひとこと。

「燃やすか」

久遠寺に非難されるだろうが、間違って捨ててしまったとか、いくらでも言い訳は立つだろう。

「む。この人形」

くんくんと松岡は匂いをかいだ。

なんだか臭い。全体的に薄汚れている。松岡は、ぬいぐるみの耳を持ったまま、立ち上がった。ぬいぐるみがしゃべることができたなら、「あーれーえ！」と悲鳴をあげていたことだろう。

「洗ってやろう。ちょうど、美里が残していったぬいぐるみ用の洗剤がある」

ぬいぐるみは自宅で洗うのはやめておいたほうがいいのは、知っているのだが、業者に出すと、金がかかる。金がかかることは嫌いだ。なので、洗ったことはある。

松岡は、まず、ぬいぐるみにていねいにブラシをかけた。そののち、洗濯液を洗面所で作り、押し洗いしていく。すみずみまで、あますことなく洗うと、「まあ、いいか」と人間用のバスタオルで全体の水分を拭き取った。そののち、ベランダでネットに入れてぶらさげる。

「せっかく、終わったと思ったのにな。また、やっかいごとがやってきたもんだよ」

そう言って、松岡はウサギの鼻先を、思い切りはじいた。

ぬいぐるみがしゃべれたら、文句を言ったことだろうが、もちろん、ただのぬいぐるみが話すはずはない。

ウサギのぬいぐるみは、夜風にぶらぶらと揺れた。

「ふん」

松岡は、ベランダの手すりにもたれかかった。

「ぬいぐるみと夜風に当たるとは……。久遠寺のせいで、こっちまで、調子が狂うぜ」

面倒なことにならないといいのだが。

そう、松岡は思った。

「いや、オルレリアなんてないから」

きっぱりと、平井が言った。その返答に、松岡は胸を撫で下ろす。

「そうか。そうだよな。オルレリアなんてないよな」

久遠寺と再会した翌日、松岡は平井を呼び出した。

待ち合わせたのは、もとはビールの醸造をしていたという、スチルポットのあるカフェ。日曜日だったが、開店直後の店内はすいていた。

彼はエスプレッソ、松岡はカフェオレを頼んでいる。平井は、あきれたように言った。

「当たり前だろ。人は生まれて死んで、それがすべてなんだよ。それをなんだ、久遠寺は。前世王子とか言い出して。誇大妄想にもほどがある」

「あんまりまじめな顔をして言うもんだから、一瞬、信じそうになったよ。一瞬だけだけどな」

「ないない」

うーんと、平井は考え込んでいる。

「おおかた久遠寺は、おまえのことが大好きすぎて、どうにかなっちまったんだろう。前世からの恋人同士という壮大なストーリーを自分の中で作り上げたんだろうな。なまじ、頭がいいから、微に入り細にうがって世界を構築する。メンタルは俺の専門外だが、誇大妄想の症例ではままあることらしいぞ」

とんでもないことだ。松岡は身体を震わせた。

平井がぽつんと言った。

「なあ、松岡は、どうしてあいつのことをそんなに毛嫌いするんだ？」

どうして、だと？

「男だぞ」

「今どき、そんなこと理由になるか？　あいつは、性格も悪くないし、金持ちだし、頭もいいし、次男で放任主義だから、親から何か言われる心配もないだろ。酒はたしなむ程度、ギャンブルも煙草《たばこ》もやらない。お買い得なのに」

なんでそんなに詳しいんだ。そして、そんなに久遠寺を推してくるんだ。

もしかして、久遠寺が妹の結婚式の二次会に来たのは偶然ではなく、平井を巻き込んでの綿密に練られた計画なんじゃないかと疑ってしまう。

いやいや、まさか。まさか、な。そこまでするか、普通？

まあ、久遠寺が普通なのかと言われたら、おおいに疑問なのだが。

「まあ、話せば長くなるんだが」

松岡は眼鏡を取ると、コーヒーカップの隣に置いて話し出した。

「平井、覚えてるか？　あいつ、高校に入学して最初のテストでトップだったろ。内部進学にもかかわらず」

外部受験組と附属中学からの内部進学組とでは、全体的に外部受験組のほうが学力が高い。

「そういや、そうだったか？　でも、それがどうしたんだ？」

松岡は、苛立《いらだ》ちを抑えた。こいつも、そっち側、すなわち、内部進学組なのだ。

「おまえらにとっては『それがどうした』でも、俺にとっては、一大事だったんだよ」

松岡の家は両親が離婚して、母親一人の収入だったので、まあまあ、貧乏だった。そんな貧乏だった松岡があの私立高校に入学できたのは、特別奨学金をもらえたからだ。そして、その奨学金を受け続けるためには、学年トップをキープする必要があった。

「でも、あれっきりだったよな。あれからずっと、松岡トップだったろ」

軽く言ってくれる。

「すごく、勉強したんだ。机に齧《かじ》り付いて」

トップは絶対に譲らない。その気持ちだけで睡眠時間を削って勉強したのだ。

平井が、あきれたように言った。

「それを、久遠寺に言ってやればよかったのに」

「言えば、あいつなら、譲ってくれたって？　そうかもな。『別にぼくは、トップである必要ないから、いいよ』とか言って」

うん、言いそうだ。松岡は「けっ！」と悪態をついた。

当時のむかついた気持ちが、のうのうとお育ち遊ばしてという腹立ちが、まざまざと蘇ってくる。

「あいつの、そういう、無欲なくせに恵まれてることを、デリカシーなく、ひけらかしているところが、俺は、大嫌いなんだよ！」

「しょうがないじゃないか。あいつは、王子様なんだから」

松岡はぎょっとして平井を見た。

「平井。おまえ、オルレリアなんてないって言ったじゃないか」

「オルレリアじゃなくて、今世の話だよ。家柄よし、顔よし、スポーツ万能、頭がよくて、人望があって。完璧《かんぺき》。だけど、それは、あいつのせいじゃないだろ」

「ひがみなのは、百も承知だよ」

ただ、これだけは言いたい。

「俺にだって、選ぶ権利はある。だから、あいつを振る権利だってあるはずだ」

ああ、言ってやる。言ってやるとも。

「こんどこそ、あいつにわかってもらわないと」

平井が急にまじめな顔になった。

「振るのはいい。おまえの自由だ。けど、ここは慎重に行こうぜ、松岡。恋心ってのは、繊細でデリケートなんだからな」

デリケート？

「十五年も会っていない相手をつきあっていると信じ込める、鋼鉄メンタルの、どこがデリケートなんだ？」

「だからこそだよ。思い込みを覆《くつがえ》されたときの久遠寺がどうなるのか、それは誰にもわからない。これ以上、誇大妄想が膨んだらどうする」

松岡は考え込む。

このまま、久遠寺につきあっていると思われるのはいやだ。

かといって、つきあっていないことを納得させるには、用心深さが要求される。

「久遠寺のことを、そこまで嫌いじゃない」

「だったら、いいじゃないか」

前のめりになるのはやめろ。おまえは、仲人《なこうど》か。

「嫌いじゃないが、あいつの恋人になりたくはない」

どうするのが最良なのだろう。

「俺は高校のときに、言い過ぎた。後悔したよ。あいつの行動力を舐《な》めていた。だけど、おそらくあれくらい言わないとわかってもらえなかったとも、今になれば思う」

そして、今回は、どうしたら久遠寺を傷つけることなく説得できるのか、繊細さにほど遠い自分には皆目わからない。

がっくりとうなだれる。

八方塞がり。四面楚歌《しめんそか》。どうしろと言うのだ。

「なあ、平井」

松岡は、平井にたずねる。

「これがさ、逆なら、わかりやすいだろ。平凡な俺が王子な久遠寺を好きで、一方的に想いを寄せているって言うんなら、うなずける」

「うん、そうだな」

納得されると腹が立つな。まあ、いいが。

「俺は当事者だから、色眼鏡でしか見られない。第三者である平井の意見が聞きたい。なんで、俺なんだと思う？　こう言っちゃあ、なんだが、顔だって十人並みだし、金を持っているわけでもないし、特技もない。多少、勉強ができて、国家資格を持っているのが取り柄といえば取り柄かもしれないが、医師免許があるあいつにとっては、些細《ささい》なことに過ぎないだろ？　おまえから見て、久遠寺が俺を好きな理由ってわかるか？　わかったら、教えてくれよ」

「いや、おまえ、そんなマジ顔で」

「俺はマジだ。限りなく、大マジだよ」

「うーん。そうだなー」

平井は腕組みして目を閉じ、考え込んでいたが、パッと目を見開いた。

「あるわ。一つだけ」

「ほんとか？」

松岡は身を乗り出す。

「あいつ、人から愛情をかけられることに慣れているよな？」

「ああ、まあ、そうだろうな」

久遠寺が家族に可愛がられまくったのは想像に難《かた》くないし、高校のときには女子にモテたのはもちろん、男子生徒からも人望があった。

二年生で生徒会長に選ばれたときには、支持率九十九パーセント以上を叩き出したそうだ。

「つまり、あいつは、愛されるのは慣れっこだけど、松岡みたいに煙たがられて、避けられるのには免疫がなくて、新鮮だったんじゃないか？」

「それって、つまり、久遠寺は精神的マゾってことか？」

「ひどい言い方だが、そのとおりだ。可能性はあるぞ。おまえが嫌がれば嫌がるほど、あいつは燃え上がるって寸法だな」

こいつに聞くんじゃなかった。

「もう、いいよ」

「役に立たなくて悪いな。医者って言っても、人間の身体と心のほんの表面を撫でてるだけなんだよ。久遠寺も、転生前は王子だと信じ込んでいるのと、おまえのことが大好きなこと以外は至って健全なんだ。俺にできることはない」

秋葉原《あきはばら》から徒歩七分。くすんだ煉瓦《れんが》造りの雑居ビルの三階に、『斉藤《さいとう》合同税理士事務所』の看板があった。

その三階の事務所で、松岡はパソコンに向かっていた。

カチカチカチカチ。

絶え間なく、キーボードの音がしている。

ここのボスである大先生の斉藤と、勤続二十年のベテラン女性事務員である橋本は、そんな松岡を見つめていた。

「松岡くん、あんまり、根《こん》を詰めないようにね」

大先生の声がけに橋本が唱和する。

「そうですよ、松岡先生。根を詰めすぎると身体に毒ですよ」

松岡はきっぱりと答える。

「いえ、大丈夫です。妹がいなくなったので、早く帰る必要がないですし」

大先生は心配そうにうろうろしている。

「なんだったら手伝うよ」

「いえ、けっこうです。奥さまと娘さんがお待ちでしょう。早くお帰りになって下さい」

「そう？　じゃあ、娘をお風呂に入れないといけないから、お先にね」

「お疲れ様です」

橋本も退勤の挨拶をしてきた。

「松岡先生、私もお先に失礼します。明日は税務署に寄ってから出勤しますね」

「了解です。お疲れ様です」

事務所には誰もいなくなった。


オルレリアなんてないんだ。

オルレリアなんて、夢物語だ。


久遠寺と再会してこっち、ずっとそう、言い聞かせている。

「とにかく、数字とにらみ合っていれば、あいつのことを考えなくても済むからな」

前世王子で自分と恋仲だと信じ切っている男のことを、どう扱ったらいいのか。常識人を自認する松岡にとっては、持て余す命題だった。

むげにするのは気が進まないが、受け入れがたい。なんとも、中途半端で優柔不断な状態だ。

——おにいは優しいからねえ。

美里だったら、そう言ってくれるだろうか。別に、全然、優しくなんてない。単に、これ以上、後悔を背負い込みたくないだけだ。

ことなかれで生きていけたら、一番いいのに。

そう思って生きてきたというのに。

事務所のドアがあいた。

「松岡先生ーっ！」

いつも落ちついている橋本が、興奮している。彼女はここまで駆け上がってきたらしい。

肩で息をしている。

「先生、先生！」

「どうしたんです、通り魔でも出ましたか？」

エコバッグに水筒を放り込みながら、松岡は聞いた。いざとなったら、この袋を相手の頭にヒットさせてやるつもりだった。心許《こころもと》ないが、素手で立ち向かうよりは数倍ましだ。

「どこです、そいつは。私が行きますから、橋本さんは、警察に連絡して下さい。ドアに鍵《かぎ》をかけて出てこないように」

「違う、違います。松岡先生、王子です」

「う」

「王子が迎えに来てますよ！」

「うう」

胃が痛んだ。

王子。

今一番聞きたくないキーワード、ナンバーワンだ。

「橋本さん。それはもしかして、髪がこう、ふわっとウェーブして風になびいていて、笑うと特殊効果みたいにきらきらする男のことですか？」

「そうそう、なんか、そんな感じです。ああ、やっぱり松岡先生のお知り合いだったんですね」

「違います」

「はい？」

橋本は目を丸くした。

自分でも思う。ここまで言っておいて「違う」はないだろう。

「そうだけど、違います。俺はいないと言って下さい。帰ったと。お駄賃をあげますから」

「小学生じゃあるまいし、お駄賃なんていりませんよ。それにだいたい、もう、松岡先生は残業してますって言っちゃったし」

「待ってください。個人情報をそんなに簡単に相手に渡したらいけません」

「残業は、個人情報に入るのかしらねえ」

橋本は、そんなことを言っている。

松岡の携帯の、メッセージ着信音が響いた。

「きっと、王子からですよ。メッセージ入れてみるって言ってたから」

なんで、そんなに嬉しそうなんだ。

「メッセージアドレスを交換しているなんて、なんやかんや言っても、お友達なんですね」

「戦略的アドレス交換です。メッセージアドレスを伝え合っていたら友達ってわけじゃないです」

「またまたー。すごい目立ってて、道行く人が立ち止まって歩道が渋滞してますから、早く行ったほうがいいですよ。どうせ、明日に回しても平気なお仕事なんでしょう」

妹のいない、一人の部屋に帰りたくなくての残業であることを、見透かされてしまっていたとは。

「ほら、あとは私が戸締まりしておきますから」

あいつの前で、どんな顔をしていればいいのか、表情の選別がまったくできない。

十五年前にひどい言葉を投げつけてきた相手と、未だにつきあっていると豪語し、前世からの繋がりを主張する男。そんな相手に対して、苛立てばいいのか、怒ればいいのか、笑い飛ばせばいいのか、まったくもってわからないのだ。

その結果、あせっているのだけれど、右半分は怒り、左半分はご機嫌を伺うというような、たいへんに複雑な表情のまま、階段を下りることになってしまった。

それもこれも、久遠寺のせいだ。自分にはなんの責任もない。そう言い聞かせつつ、雑居ビルの玄関を出た。

久遠寺がいた。

「松岡！」

松岡は固まった。

白いポルシェが止まっている。そのボンネットによりかかっている、白いスーツを着た久遠寺。胸には赤い薔薇《ばら》が挿してある。

さらに、手にも薔薇の花束を持っていた。

「なにを……しに来た……」

自分から、一切の表情が抜けた。

「うん？　松岡にこれを届けに来たんだよ。ほら、このまえ忘れていったじゃない？」

そう言って、彼は引き出物の袋をさしだした。

「それは、着払いで送れってことでだな、だれが、ポルシェでやってこいって言ったんだよ。なんだよ、その服は」

「ふふ、似合う？」

彼が笑った。きらっと光る。

まぶしさに目を細める。

「なんてかっこうなんだよ」

ここから川を渡れば秋葉原の中心街だ。秋葉原と言えば、コスプレ文化の街。道行く人が振り返っている。携帯のカメラを向ける人もいる。

「すごい、白いスーツとか」

「あれじゃない、なんかのパッケージ撮影」

「ゲームのレアキャラコスプレ？」

「執事喫茶？」

そんなささやきが聞こえてくる。

「これはね、今日、うちのクリニックのＰＶを撮ったんだよ。その衣装なんだ。すごく似合うでしょ？　松岡に見て欲しくて」

無邪気に笑うこいつに、どんな反応を返すのが正解か、ここにはそれを教えてくれる者はいないのだ。

刺激すると悪化する？

拒否したら絶望する？

冷たくしたら嬉しがる？

いったい、俺は、どうしたらいいんだ。

ただただ、じっとりと冷たい汗を掻《か》いている。

「これ、松岡に」

そう言って、花束を渡された。

「ずいぶん、たくさんあるな」

「松岡の年齢ぶん、三十二本あるんだよ。その一本、一本がぼくの気持ちだよ」

「あ、ああ。ありが、とう……」

か、顔が引きつる。そこに、タイミング悪く、橋本が下りてきた。すかさず、久遠寺が微笑みかける。

「さきほどは、ありがとうございました。おかげさまで、松岡と会えました」

「まあ、それはよかったわ。松岡先生ったら、居留守を使おうとするんですもの。だめよね、そんなの」

いらないことを言わないでくれ。だが、久遠寺はまったくひるむ様子を見せなかった。

「松岡は、照れ屋なんです」

「あら？」

彼女の目が、松岡が持っている花束に止まった。

「あら、あらあら」

橋本はなぜか、両手で口元を押さえている。そして、それでも抑えきれない、ニヤニヤ笑いが、チェシャ猫のそれのごとく滲《にじ》み出ている。

「お二人は、どういうご関係なのかしら？」

個人情報を、プライベートを、突っ込んで欲しくない。

そして、久遠寺ときたら、松岡に任せるとばかりに、静かにこちらを見ているのだ。空気が重い。三月の空気が、みっちりと巨大な重力となって、自分に覆い被《かぶ》さってくる。

のろのろと、松岡は口を開いた。

「高校のときから、つきあっている……――らしい、相手、です」

「うそー！」

橋本の悲鳴にも似た声が上がった。そうだ、嘘だったら、どんなにかいいだろう。

久遠寺はじつに嬉しそうだった。

「本当です。ぼくら、ずっとつきあってるんです。今度、品川に美容クリニックを開くので、よろしかったら、お試しにどうぞ」

そう言いながら、名刺を取り出して、裏に走り書きをしている。

「だから、そんなに顔がきれいなのね」

橋本は納得している。だが、久遠寺はさらーっと言い切った。

「ごめんなさい。ぼくのこれは、天然なんです」

「あらあ、うらやましい」

「それに、うちでは、美容外科はやっていないんです。そのかわり、その方《かた》の、最大限の美しさを引き出してみせますから」

「まあああ」

橋本は、松岡に向けて親指をぐっと立ててみせた。

なんだ、なんなんだ、その「グッジョブよ、松岡先生」と言いたげな口元、さらには「大丈夫よ、私は先生の味方ですから」みたいな、うなずきは。

ああ、これは。きっと明日になったら、大先生にも知られてしまうんだろうな。

大先生は、悪い人じゃないけど、奥さんと娘さんのいるいたって多数派の人だから、きっとおどおどしながら、そうっと耳打ちしてくるんだろうな。

気が、重い。

ついでに言えば、引き出物と花束も重い。

その気持ちが伝わったのかどうか、久遠寺が申し出た。

「松岡、家まで送っていくよ」

「……」

口元がぴくぴくしている。

荷物は重いし、久遠寺は目立つ。それだったら、まだ車に乗ってしまったほうがましなのではないか。松岡はそう結論づけた。

単に、荷物を持って電車に乗るのが面倒くさくなっただけかもしれない。

ポルシェは、よく躾《しつ》けられた猛獣のように、街中を音もなく走り出した。

それにしても、と、松岡はこの車の値段を頭の中で計上する。仕事の都合上、たいていの車の値段は、松岡の頭の中に入っている。この車が新車なら、ちょっとしたマンションの頭金くらいにはゆうになるはずだ。

車の迫力に負けて、前を行く車が次々と道をあけていくのだが、久遠寺は至って慎重に運転していた。

松岡は、運転席の久遠寺に話しかけた。

「豪勢な車だな。美容クリニックっていうのは、儲《もう》かるんだな」

彼の横顔の口元がほころんだ。

「そうだね。否定しないよ」

それにしても、こいつ、なんか、いい匂いしてるな。首の後ろがむずむずする。邪魔にならないけれど、印象に残る匂いだ。さぞかしお高い香水なのだろう。

「でも、松岡。この車は買ったんじゃなくて、プレゼントされたんだよ。中東の石油会社を経営している、いわゆる石油王にね」

王子に石油王。

いったい、久遠寺はどこまで本気なんだか。

シートに背を預けて、目を閉じる。

松岡のマンションは、車で行けば、おそらく三十分もかからないだろう。

「今日の松岡は、なんだか今までと違う」

「そうか？」

目《め》を閉じたまま、答える。

平井に「恋心ってのは、繊細でデリケートなんだ」と言われたので、おとなしくしているだけだ。車の中が静かになった。なにか、会話をしなければ。気まずい。そわそわしてしまう。

「その、前世の俺っていうか、魔法使いと、王子のおまえはいい仲だったわけだよな」

「そうだよ。深く愛し合ってたんだ」

「前世でも、両方とも、男だったんだよな」

「うん」

しばらくためらったあと、松岡は「どっちが上だったんだ」と口にした。

車が急に止まったので、松岡はぎょっとした。

「おい、危ないだろ！」

自らに生命保険がたっぷりかけてあるとはいえ、久遠寺と心中するのはごめんだった。

「松岡が悪いんだよ。そんなことを言うから。——ぼくとヨナーシュは、深く愛し合っていたけれど、肉体的にどうこうしたことはないよ。一度、キスしただけだ」

「ふうん、そうなんだ。おまえの想像力の限界に安心したよ、久遠寺」

「それでも、ぼくたちが想い合っていたことは、変わらない。互いに次の世にはいっしょになろうって約束したんだ」

「なんで、そのときに添い遂げなかったんだ。男同士だからか」

「……ぼくが、世継ぎの王子だったから。王子としての義務をまっとうしなくては、ならなかったから。それはヨナーシュの願いでもあったんだ」

「へえ、そうなんだ」

だが、久遠寺は次にとんでもないことを言い放った。

「でも、するなら、ぼくが上だろうね。ぼくがヨナーシュを抱きしめてあげたいと思っていたから。松岡にそう感じているのと同様に」

「う」

松岡の軟弱な胃がきゅるきゅるいっている。

けれど、「ごめん。松岡。送っていくって言っておきながら、ここらでいいかな」と口にしたのは、久遠寺のほうだった。

「どうした?」

顔色が悪い。じっとりと脂汗を掻いている。

久遠寺の横顔からは苦痛が滲み出ている。

「どうしたんだ？」

「頭が、痛むんだよ。たまになるんだ。気にしなくていい。ちゃんと部屋まで荷物を運んであげられなくて、悪いね」

それでも、久遠寺はこちらを見て少しだけ微笑んでみせた。

「女性じゃあるまいし、送るとかそういうのはどうでもいいが、おまえ、持病があったのか？」

「気に、しなくていいよ」

「気にしなくていいって、おまえ、明らかに具合悪そうだろ」

松岡は彼に指図した。

「そこのスーパーマーケットに入って運転を代われ。外車は慣れてないが、右ハンドル仕様だからいけるだろ」

「うん、ありがとう」

「あんまりきついようだったら、救急車を呼ぶぞ」

助手席の久遠寺は、つらそうなのにこちらを嬉しそうに見ている。

「なんだよ？」

「松岡は、優しいんだね。知っていたけど」

「優しくなんてねえよ。そんな顔色した人間をほうっておけないだけだ。事故でも起こされたら、寝覚めが悪いからな」

「フラムのせいだよ」

久遠寺は、シートをリクライニングして、両手を腹の上で組んでいる。目を閉じているので、彼は祈っているように見えた。

「フラムって魂の器だっけか？」

「そう。ぼくのフラムは魔法使いのヨナーシュやスヴェトラとは違って、小さいからね。一回分の魂でいっぱいいっぱいなんだ。身体は、なんともない。精密検査を何回もしているけど、至って健康だ。この身体の痛みは、フラムからきてるんだ」

なんだか、久遠寺のやつ、まずいことを口走り始めてないか。フラムが満杯とか。

「しょうがないよ。でも、ぼくは、忘れたくないんだ。まだ、片付いていない。まだ……」

すぐ隣にいるのに、久遠寺の声はひどく遠かった。

松岡の家に上がり込んだ久遠寺は、布団を敷くと言ったのに、「やあ、スヴェトラ」とウサギのぬいぐるみに話しかけたかと思うと、そのままこたつに潜り込んで、横になってしまった。

松岡は彼に声をかける。

「おい、窮屈じゃないのか。おまえ、どう考えてもでかすぎだよ」

肩も足も出ているし、寝返りを打つたびに、こたつの上のウサギのぬいぐるみ、スヴェトラがコロコロと転がっていく。

「ほんとうに、大丈夫か、おまえ」

しかたないので、肩には毛布、足には布団をかけてやる。

「うん……」

歯を食いしばっている。

いったい、どんな夢を見ているというのだろうか。

「忘れてしまえればいいのにな。オルレリアも。俺も」

松岡は、久遠寺にそう話しかけていた。

これは夢か？

だとしたら、あまりにも鮮明すぎる。

私は金の髪と目のアスランとなって、彼《か》の地、オルレリアにいた。

オルレリアは赤い獅子《しし》の年。秋を迎えようとしていた。

昔から、獅子の年には、大きなことが起こると言われており、行事ごとなども獅子の年に行うことが通例とされていた。オルレリア暦四三七年、その年には、兄ラオネルが正式に世継ぎの王子としてお披露目《ひろめ》される予定だった。

父王は、王妃を亡くして以降、年々、身体が衰えており、今や実権はラオネルにあるとのもっぱらの評判だった。この世継ぎの儀式は、実質、兄の戴冠式のようなものだった。

オルレリア王家では、長兄は獅子の紋章を纏《まと》って王となり、次兄は鷲《わし》の紋章で騎士団を率い、三男は鹿の紋章をもらって、貴族となる。

四男の自分には、まったく関係ない話だ。自分は王族の身分を返上し、市井《しせい》に下り、ヨナーシュと城下町で暮らすつもりだった。

そう信じていた。

だが、その年には次々とことが起こった。

まずは、三の兄が隣国に婿入りすることになった。それはめでたいことだからいい。

しかし、二の兄は狩りをしている際に、雷鳴に驚いた愛馬に振り落とされ、さらに蹄《ひづめ》でしたたかに頭を踏まれ、命を落とすという悲劇に見舞われた。

それを聞いた父王は落胆し、持病が悪化。たった三日で帰らぬ人となった。

王が崩御となれば、代替わりせねばならない。

だが、それも、いつか来るはずの日だった。多少早くなったとしても、まだ、想定内だ。

まったく予想もしていなかったのは、長男のラオネルが、王の庭に入ることがかなわなかったことだ。

王の庭。

城内の聖なる森の中心。

歴代の王の霊がとどまる場所。オルレリア王家の先祖が、古代の魔力を封じた場所。王とその「腹心の友」だけが入ることを許される、神聖な場所。

世継ぎが王の庭に入れないなど、前代未聞のことだった。たしかにラオネルは、王の庭などという、神話の時代からの話よりも、最新の武器を試すほうが好きな男ではあった。だが、まさか拒まれるとは夢にも思っていなかった。

ラオネル自身も、私も。

紛糾した長老会議で、「たかが、庭ではないか」ととんでもない発言をしたラオネルは、その場で世継ぎの資格を剝奪《はくだつ》された。

王位継承権は、異例の四男、私、アスランのところにやってきた。

まずは、王の庭に入れるかどうか。

ことはすみやかになさねばならない。

そのときまで、明るい未来しか見ていなかったのに、目の前が暗くなっていった。

開かねばいいのにと思ったのに、王の庭の門は、あまりにもあっけなく、開いていった。

中は、結界によって見ることができない。

「ヨナーシュ」

私は、ヨナーシュを呼んだ。

ヨナーシュは、同い年。濃緑色の髪に紫の瞳をしていた。ほかはオルレリアの服を着ているのに、彼だけは頭布《ずきん》に立ち襟のシャツ、そこに長めの貫頭衣《かんとうい》を合わせている。それが、彼にはとてもよく似合っていた。

彼はバルボラという小国が大国ゴルドに虐げられたときに、親類縁者をすべて亡くした。以降、スヴェトラと世界中を旅していたという。スヴェトラが浮遊大陸を作り、その上に魔法学校を創設する際、彼女によって、このオルレリアに預けられた。

それから二年。彼は、その利発さで王宮の魔法使いたちに一目置かれる存在になっていた。あの広大な王立図書館の本をすべて読んだというのも、あながち、ないことではないと思う。

薬の処方と魔法道具の販売のおかげで、ヨナーシュは庶民としてはおそらくこのオルレリアでも一、二を争うほどの金を持っているはずだが、生活は慎ましく、質素な王立薬草園の管理小屋に今も住んでいるのだ。

師匠であるスヴェトラは魔法学校校長として、忙しくしているらしい。いまやヨナーシュはスヴェトラと互角に話ができるほどに魔法に精通していた。

スヴェトラからは魔法学校に入学して、いずれは自分の片腕、いや、後継者になって欲しいという要請がヨナーシュにあった。だが、そばにいてほしいと私は懇願し、ヨナーシュはオルレリアに残ったといういきさつがあった。

しかし、のちのことを考えれば、手放していたほうがよかったのかもしれない。

王子アスランの友人にして大魔法使いスヴェトラの弟子、ヨナーシュ。

「ヨナーシュ。王子が呼んでおられる」

長老に促されて、ヨナーシュが、人々の前に出てきた。神妙な顔をしている。

「ヨナーシュ。おまえも、来るがいい。王の庭に」

「でも、私は」

「おまえは、私の腹心の友なのだから。王の庭がおまえを拒むはずもない。おいで」

彼は、不安そうな顔をしていた。最初に会ったとき……――彼の管理する王立薬草園の小屋で、床板をはね上げて対面したときを思い出して、微笑む。

「なにも、恐くないよ。一緒に行こう」

「おおせのままに」

中に一歩入ると、金色に満ちていた。

金色のブナの隣に、金色のヒイラギがある。

兎《うさぎ》も鹿も獅子も、食い食われることなく、日差しの中で昼寝をしていた。

ヨナーシュは声をあげた。

「なんですか、ここは。季節も場所も食物連鎖もめちゃくちゃです。あり得ない。これが、王の庭……？」

「聖なる森の中心、王の庭に、ようこそ。ヨナーシュ」

二人で、歩き始めた。

「ああ、面倒くさいなあ」

思わず、私の口を突いて出たのが、それだった。二人で話すときの、砕けた口調になっていた。

「アスランってば」

ヨナーシュは苦笑していたが、ハッと気がついたように、その顔を引き締めた。

「すみません。気安く。これからは、殿下……――いえ、戴冠式が済んだら陛下とお呼びせねばなりませんのに」

「いいよ、そういうのは。そのために、ここにおまえを招き入れたんだから」

「おめでとうございます、と言うべきなんでしょうね。ラオネル様の世継ぎの儀式が終わったら、あなたと店をやるつもりで、手付けを払ってしまったんです。けっこう私、楽しみにしていたんですよ。あなたにお出しする、新生活最初のスープはなんにしようかとずっと、考えていたんですけど。無駄になってしまったなあ」

「店は、一人でやればいい」

「いやですよ。あなたとでなくては、意味がないんです。二人で、やりたかったんです」

彼は目を伏せた。

「すみません。わがままを言いました」

「わがままなんかじゃない」

なにが、わがままなことがあるだろうか。明確に言葉にしたわけではない。だが、私たちは、互いが互いを必要としていて、二人でいさえすれば楽しくて、そうした生活を手に入れるために、ずっとがんばってきたのだった。

「私は政略結婚を、しなくてはならないんだ」

ヨナーシュの顔が強張《こわば》った。

「相手は、北の小国タランの末の姫君だ。これで、とりあえずタランとうちの関係は強固になったから、大国ゴルドもそうそう手を出せないだろう。でも、困ったな」

私は苦く笑う。

「私は、愛する人が、いるんだ。その人を幸せにしたいと思っていたんだ。けれど、果たせない。ヨナーシュ」

薔薇の茂みが、行く手にあった。金の薔薇はオルレリア王家の紋章だ。

「私は、おまえを愛しているんだ」

「存じております」

それが、彼の答え。

「この、金の薔薇の茂みが王の霊廟《れいびょう》となっているんだよ」

彼の行く道を、薔薇があけていく。薔薇の茂みの中心部には、私の身長ほどもない塚があった。数百年を経て、全体を金色の苔《こけ》が覆っている。

「父上のご遺体は、郊外の王家の墓に納められるけれど、目に見えぬ魂《フラム》の器はしばしここにとどまるんだ。そう言われてる」

「お寂しいですね」

「それも、しばしのことだよ。やがて転生したら、すべてを忘れて一からやり直せる。次には、学者にでもなるといいと思う。本がとても好きな人だったから」

ねえ、ヨナーシュ、と彼に呼びかけた。

「このまま、逃げてしまおうか。私とおまえなら、どこに行っても生きていけるだろう。荒野の果てでも、凍《い》てつく雪国でも、空に近い山頂でも、どこだって」

「すてきですね」

うっとりとヨナーシュが言った。

「それなら、バルボラに行きましょう。私のいた村はもうなくなってしまいましたが、スヴェトラ師匠と何度も訪れたので、土地勘はあります。国境近くの町なら、バルボラの薬をお土産《みやげ》に買っていく者も多いですから、きっと繁盛しますよ」

「そうだね、きっと。口上は私がやるよ。おまえに教えてもらってバルボラの曲を奏でるのでもいい」

「それはいいですね。バルボラでは、魔法による自動演奏が盛んなので、生演奏はなかなか聴く機会がないんです。旅の吟遊詩人がたまに訪れたときくらいで」

「そうだね。きみのいた村にも行こうよ。何もなくなってしまったかもしれないけれど、生まれたところを見てみたいんだ」

「ええ」

ヨナーシュは、静かに言った。

「そうしたかったですね」

そうしたかったという、過去形だった。

「おまえさえ『うん』と言ってくれれば、私はすぐにでも王位を捨てて、旅立つよ」

私は、本気だった。だが、彼が「だめです」と言うのも、わかっていた。

「そして、国に混乱を招くのですか。タシュケトの先代王子のように」

国より愛をとった人間は、私たちより前にもいたのだ。その結果は悲惨だった。タシュケトは、ゴルドの属国となってしまった。

「あなたが結婚することによって、国の均衡が守られるなら、そうして下さい。隙を見せれば、小国は跡形もなく潰されてしまう。私の国のように。あんな目には、もう、誰も遭って欲しくありません」

「そう、言うと思ったよ」

けれど、どこかでは私は願っていた。ここからともに逃げようと言ってくれるのを。そうしたら、とるものをとりあえず、今夜、彼の部屋に地下道から行き、そのまま町に出て人に紛れて川へと下り、船に乗る。オルレリアを出てしまえば、あとはどうとでもなるだろう。

だが、彼は知っているのだ。ここでタランがオルレリアに見捨てられたら、どうなるのかを。

「ヨナーシュ」

彼に口づけようとした。だが、拒まれた。

「だめです。許嫁《いいなずけ》のいらっしゃる方には、唇をゆるすことはできません。それに、ご先祖の前です。不埒《ふらち》な真似はしないでください」

生真面目《きまじめ》な顔をして、そう言った。

「うん、そうだね」

私は、彼の頬にキスをした。

「生まれ変わったときには、こんどこそ、おまえと生きる。私が先に死んだら、待っているから。おまえも、待っていて」

ヨナーシュはうなずいた。

「スヴェトラ師匠によれば、転生できる先は、フラムの大きさによるらしいです。あなたのフラムでも行き着けるようなところで、お待ちしていますよ」

「うん。きっとだ」

私は言った。


私たちは、相手にすべてを与えるつもりだった。ともに生活して、いつも一緒に連れ添っているつもりだった。

だが、それは絶たれた。

私は王、彼は王の腹心の友である魔法使い。
それ以上、踏み込むことは不可能となった。
つらい。
胸をかきむしりたくなるほどに、つらかった。

一時間ほど眠っていたのだが、やがて、久遠寺はもぞもぞと身体を動かした。「あれ？」と目をあけて、松岡を見る。

「ヨナーシュ……？」

その名前で間違えられると、カチンとくる。

「ちげえよ。俺だよ」

「松岡？」

「そうだ。どうだ、気分は？」

「ああ、そうか。途中で、運転できなくなって……。松岡が、ここまで連れてきてくれたの？」

「肩を貸しただけだ。おまえ、平気か？　頭はまだ、痛いか？」

久遠寺は、じっと自分を見つめている。いささか、決まりが悪いほどだった。それから、微笑んだ。

バスタブに突っ込んである薔薇の花束よりも、なお華やかな微笑だった。ひらひらと花びらが舞い、光が躍った。

彼は言った。

「松岡は優しいよね」

「優しくない」

「優しいよ。好きでもないぼくを、こんなに心配してくれて」

松岡は、なにか言いかけたが、どれも言葉にすることはできず、結局は口を閉じた。

久遠寺は手を伸ばして、こたつの上のスヴェトラを手にすると、匂いをかいだ。

「スヴェトラを洗ってくれたんだね？」

「ずいぶん、埃《ほこり》っぽかったからな」

そう言ってから、松岡はハッとした。

「なんか、まずかったか？　異世界の埃を払うと、都合が悪いとか」

そう言う松岡を、久遠寺は嬉しそうに見ていた。

「そんなのは特にないよ。スヴェトラもきっと喜んでるよ。オルレリアからここに辿り着くまでには、いくつかの世界を辿らなくちゃならなくて、過酷な目に遭ったって言っていたから。ぬいぐるみがきれいになってよかったねえ、スヴェトラ」

久遠寺はそう言いながら、そのウサギのぬいぐるみに、お辞儀をさせた。

「おまえ、ほんとに大丈夫なのか？」

そう言いながら、松岡は久遠寺に水を手渡した。それを、だいじそうに久遠寺は飲む。

「心配しないで。ほんとに身体に異常はないんだ」

「異常のない人間が、あんなふうに、いきなり苦しみ出したりするか？　おまえ、すごいうなされてたぞ」

「ほんとだって。ただ、フラムが、いっぱいいっぱいなだけだから、心配しないで」

「その、フラムを軽くする方法はないのか？」

プラセボはバカにならない、思い込めば小麦粉も薬になると美里が言っていた。なにかしてやれば、よくなるかもしれない。

「ある、けど……」

そう言いながら、久遠寺は苦笑いをしている。

「それは、無理な相談なんだよ」

「言ってみろよ。言わなきゃ、できるかできないか、わからないじゃないか」

どうしようかなと久遠寺は戸惑っていた。なにを、もったいぶっているのだ。

「俺にできることなら、協力することもやぶさかじゃないぞ」

「じゃあ、一応、言うけど。松岡がぼくのことを、本当に好きになってくれることだよ」

そうきたか。

「それ以外。それ以外ならなんでもしてやるから」

「だから、無理だって言ったのに。これは、スヴェトラが言っていたことだけど、ヨナーシュ、つまり松岡がぼくの気持ちを受け入れてくれて、ともに人生を歩んでもいいって言ってくれて、そのときに初めて未来を向くことができるだろうって。いいんだよ。松岡がぼくのことを好きになってくれなくても。つらいけど、だけど、いいんだ。今は、前よりもずっと近くにいられる、松岡と話ができる。松岡になにかしてあげることだってできる。それだけで、幸せだ。海外のクリニックにいたときより、オルレリアのときより、ずっと……――」

きっとまた、オルレリアの話が続くのだろうと思ったのに久遠寺は黙り込んだ。

気まずい。非常に気まずい沈黙が、室内を満たしている。

前世なんてない。あったら、おかしい。

この男は、高校のときから、松岡に執着していた。周囲もそう言っていたし、松岡自身からしても、久遠寺の自分への接し方は度を外れていた。

彼が海外にいると聞いたときには、申し訳なさはあったが、これでとうとう自分たちの縁も切れたとほっとしたのも事実だった。

しかし、久遠寺は帰ってきた。

そして、とうとう前世の縁だと言い出して、なおいっそうの素《す》っ頓狂《とんきょう》っぷりをさらけ出している。

「おまえの俺へのそれは、あまりにも度外れてるよ。おそらくおまえだって持て余している恋愛感情がまずあって、ほかはいろいろ後付けだろう」

その信じ込みのままに、どんどん物語は詳細になっていく。後付けの物語に、さらに物語が付け加えられて、ついには現実にも侵食してくるかもしれない。そして、そのきっかけは、このスヴェトラぬいぐるみなのだ。

「くっそー！」

松岡は腹立ちのあまり、ウサギのぬいぐるみの耳を摑んで、振り回した。

「松岡ー！　仮にも師匠に、なんてことをするんだよ！」

「俺は、ぬいぐるみの師匠を持った記憶はない！」

松岡は、きっぱりとそう言い切った。

すべての元凶はこいつなのだ。そう思い込みたくなるほどに現実は深刻だ。

少しでも、お腹に何か入れたほうがいいんじゃないか。とは言っても、松岡の部屋にはろくなものがなかった。

卵がゆを作って、スープ皿に入れ、スプーンをつけて久遠寺に出す。

「え、これは、なに？」

「卵がゆ。熱いぞ。気をつけろよ」

久遠寺が、感動している。そうすると、彼からは容赦なくひらひらと花が散って、松岡の目を直撃した。

「松岡の手料理」

「そんな、いいもんじゃねえ。適当にだしの素をぶちこんで、味付けして、卵を入れただけだ」

「だけど、松岡がぼくのために！　作ってくれたんだよ！　このまま、持って帰っていい？　冷凍して、永久に取っておく」

「食えよ。また、作ってやるから」

言ってしまってから、しまったことを言ったと思ったが、久遠寺が食べ出したからいいことにしよう。

松岡は彼の正面に座り、卵がゆ相手に奮闘しているその様子を見ながら言った。

「おまえ、やっぱり、俺から離れていたほうがいいんじゃないのか。おまえ、俺とかかわると、変になるの、責任感じるよ。海外へ行けとは言わないけど、こういうふうにはもう、会わないほうがいいと思うぞ」

久遠寺は即答した。

「それだけはやだ」

はああああと、松岡は頭を抱える。

「なんでだよ」

久遠寺は謝った。

「わがままで、ごめんね？」

「そんなことを、言ってんじゃないんだ」

「王子で、ごめんね？　頭がよくて、金持ちで、この顔で、ごめんね？　ねえ、どうしたら、松岡に好きになってもらえるのかな。ぼくは、それがこの世の中で一番知りたいんだ。松岡の言うことなら、なんでも聞いてあげるから。だから、側にいることだけは、許して欲しいんだ」

ずずずずと、また、地球の重力を感じた。

違うわ、これ。

重いのは、地球の重力でも、空気でも、自分の身体でもない。

こいつだ。

久遠寺の存在が、その愛情が、地球の重力を凌駕《りょうが》するほどに重いのだ。

「再会してわかった。ぼくには、松岡なしの人生なんて、考えられないんだ。この顔が嫌いなら、松岡の好きなようにしてもいいから」

ぴくっと、松岡は、顔を上げた。

「それって、どういう意味だ？」

「どういう意味も、そのままの意味だよ？　松岡の好きな顔に整形してもいいよ」

「おまえな。その顔は、親からもらったもんだろ。だいたい、ほかのやつが久遠寺みたいに整形するならわかるけど、久遠寺が整形する意味がわからねえよ」

久遠寺は、目を細めた。

やっぱり、松岡は優しいとか思っている。そういう笑い方だった。

「つきあってもいい」

いきなりだったので、よほどびっくりしたのだろう。彼は、スプーンを口の中に深く入れてしまった。

「あち！」

はふはふと、桃色の舌を出す。

「熱い！」

「おまえ、猫舌のくせに。気をつけろよ」

スプーンをひったくって、卵がゆをすくうとふーふーしてやる。そして、そのまま、彼の前にさしだした。

久遠寺が目を見張っている。

頬が赤い。

「あ、わりい。つい。妹が小さいときを思い出して」

引っ込めようとしたのだが、久遠寺はそのスプーンに食いついた。がちっという音がした。

「おいしい！」

「おまえ……。すごい音がしたぞ。歯が欠けたりしなかっただろうな？」

「しないよ。でも、したとしてもかまわない。最高においしかったよ」

やめろ。その、きらきらした顔を全開にしてこちらに向けるのは。

「しょうがねえな」

また、卵がゆをスプーンですくってさましてから、与えてやる。

「おいしい―――！　松岡がさましてくれたおかゆ、最高！」

そして、彼は、おそるおそる、聞いてきた。

「つきあうって、遠くに行けってことじゃないよね？」

「違うって。だけど、言っておくけど、俺がいいって言うまで、ハグもキスもセックスもなしだからな。破ったら、その時点で別れる」

「うん、うん、もちろん、いいよ。でも、なんで？　どうして、つきあってくれる気になったの？　もし、理由がないっていうのだったら、それでもいいよ。愛に理由は特に必要ないからね」

のんきにそんなことを言ってのける、彼の顔には、血の気《け》が戻っていた。それに安心しつつ、本心を口にする。

「そんなんじゃねえよ。俺は考えたんだよ。俺たちは、始めてないから、終われねえんだってな。つきあったら、想像していたのと違ったってのは、よくあることだろ。そしたら、いつでも、俺のことを振っていいからな」

浮き浮きしながら、そう言ってやると、久遠寺は言った。口を尖《とが》らせている。

「そんなこと、絶対にしないよ。ぼくは一生、松岡のことを大切にする」

彼は満面の笑みを浮かべる。これが自分とつきあい出すなんてことじゃなかったら、よほどいいことがあったんだな、よかったなともらい泣きをするところだ。

「あー、じゃあ、まあ、よろしく」

手を出すと、久遠寺がその手を両手で握りかえして、ぶんぶんと振った。

「うん。これでぼくは松岡の自他共に認める彼氏だね。よろしくね！」

そんな二人を、こたつの上のウサギのぬいぐるみ、スヴェトラが神妙な顔で見ていた。

久遠寺がポルシェで迎えに来た翌日、松岡が斉藤合同税理士事務所に出勤すると、大先生が、少々引きつった笑顔で「おはよう」と言った。

「おはようございます」

――昨日のことを、橋本さんから聞き及んでいるんだな。

すぐに見当がついた。

どう言ったもんか。

自分から下手なことを言い出すよりは、向こうから何か言い出すまで待とうと、松岡は冷静に判断した。

「あの、あのね」

大先生がツツツツと松岡のデスクに近寄ってくると、言った。

「今日は橋本さん、遅いね」

「そうですね。今日は税務署に行ってから出社するって言っていたから、もうちょっとかかるんじゃないでしょうか」

会話はそれで終わったはずなのに、大先生は、まだそこにいて、両手を合わせて、人差し指同士をつけたり離したりしながら、所在なげにしている。

いったい、なんなんだ。

しかたないので、助け船を出すことにした。

「昨日、斉藤先生が帰られるときに、ビルの前にポルシェがあったと思うんですか」

「あ、うん。すごい車だったね。前に立っていた人も凄かったけど。モデルさんか俳優さんみたいだったね。赤い薔薇の花なんて、八年前、妻にプロポーズしたときに買ったきりだよ」

「……」

松岡は、大先生を見つめた。ころんとした体型の大先生が、薔薇の花束を贈ったことがあるという事実に、内心驚愕《きょうがく》していた。そのときに、先生は、どれだけの勇気を振り絞ったのだろう。どんなに寒い日だったとしても、大汗を搔いていただろう。

「そうなんですね」

「あの、あのね」

「彼は、久遠寺宗昭と言って、俺の高校時代の同級生なんです。変わったところが多々ある男ですが……――」

俺のことを熱愛していたり、自分のことを前世王子と言い張っていたり、ウサギのぬいぐるみがしゃべると主張していたり。

「まあ、だいたいは常識的な男なんで、安心して下さい」

こんな小規模オフィスと飲み屋がひしめく雑居ビル通りに白いスポーツセダンと白スーツ

で現れる男のどこが常識的なのか。少々、疑問が生じないではなかったが、そこには目をつぶることにした。自分に対して以外は、極めて愛想のいい、穏やかな男であることには間違いはないのだから。

「そう？　そうなの？」

大先生は、明らかに安心したようだった。

「よかった。橋本くんが、すごい勢いで電話してくるもんだから、ほんとかと思っちゃった。二人がつきあってるって、橋本くんが、言うんだもん」

「そうですね」

パソコンに、メールの返事を打ち込みながら、返答する。

「そうですねって、どういう意味？　え、ちょっと待って、どこにかかる、『そうですね』なの？」

松岡はいつもより、三倍力を込めて、エンターキーを押した。

「つきあってるってセンテンスに対しての、『そうですね』ですかね」

「うそ……うそでしょ……」

なんだか、大先生のポーズが、えらく乙女チックなものになっていた。両手が「きゃっ」みたいに口元にかかっている。

「なんか、昨日、家に帰ってから、そういうことになりました。黙っていればいいのかもしれないですけど、あとあと、ご面倒をおかけするぐらいなら、今、言っておいたほうがいいかなと思いまして」

松岡は、メールを送信した。そして、椅子《いす》を回して、大先生と真正面から向き合った。

「もしかして、俺、この事務所を辞めたほうがいいですか」

「え、は？」

大先生は、基本、隠しごとができない、表裏のない人だ。きっとそれは、まったく考えていなかったのに違いない。

「それはないよ。せっかく、松岡先生が入ってきて、クライアントさんの振り分けができて、ときどきには臨時休みをもらえるようになって、娘の運動会にも気兼ねなく出られるようになって、パパの株が上がったところなんだからさ。やめるなんて、冗談でも言わないでよ」

松岡は、ふっと息を吐いた。

「それは、よかったです。俺も、ここでは、よくしてもらっているので。辞めたくないです」

「じゃ、そこはそういうことで決まりだね」

大先生は、自分の椅子を持ってくると、松岡のところまで引っ張ってきた。

「それで、あの、松岡くんは、男の人とつきあっているのを、オープンにしたいほう？」

「それは、ないです。特に仕事関係は」

「そっか。そうしてもらえると助かるかも」

「ですよね。詮索されるのもいやだし、あと、あれですよ。『じゃあ、前から俺のこと狙ってたんですか』とか、百回、聞かされるのかと思うと、もう、想像するだけでうんざりですね。そんなわけ、ないだろう、おまえは、女性を見たら全員自分に惚《ほ》れていると思うのか、どんなドンファンなんだよ」

松岡の罵詈《ばり》雑言《ぞうごん》に慣れっこな、大先生は、にこにこしながらそれを聞いていた。

「そっか、そっか。そういうことなら、いいよ。じゃあ、あれだね。これからは、松岡先生にってお見合い勧められたら、堂々と断れるね」

「そうですね」

今までだって、興味がないと、常に断り続けてきたのだが。

妙齢の高収入の独身男、しかも、まあまあ見目がいいとなれば、放っておいてくれないのだ。

「それは、すごく、助かるかもしれません」

「そっかあ」

大先生は、嬉しそうだった。

「なんなんですか」

「いや、だって、松岡くんにもそういう人がいるんだなあって思ったら、よかったなあって思えてきてさあ。うんうん、よかった」

あろうことか、大先生は涙ぐんでいる。しょうがないので、松岡はデスクの引き出しから、駅前で配っていた、英会話教室の宣伝が入ったポケットティッシュを出して、彼に渡した。大先生は、ティッシュで盛大に鼻をかんだ。

「それでね、彼との記念日とか、バカンスとか、そういうのがあったらね、遠慮なく言ってね。ぼくも橋本さんも、松岡くんが来てくれてから、家族との時間が増えて、とっても、とっても、感謝してるんだからね」

いやあ、そういうことにはならないだろうと思いつつも、あっと、気がついた。

「じゃあ、早速ですが、次の日曜日には、緊急の要件が入っても、対応できないと思います。よろしいですか」

「え、うん。いいけど。何かあるの？」

「もう、大先生。デートですよ、デート！」

いったい、いつの間に出社していたのだろうか。

橋本が、にへらと笑って、言った。

「つきあい立ての恋人たちが、休日にすることと言ったら、ねえ」

面倒くさくなって、松岡は言った。

「そうですね。デートです」

大先生の野太い声と、橋本の黄色い悲鳴が、事務所の中に響き渡った。

これは、デートなのか?

デートとはなんだ?

「ついたよー」

ポルシェを駐車場に止めると、久遠寺が下りるように促した。

「ここは、なんだ?」

大きな自然公園に見える。

「ここは、植物園だよ。お殿様の御殿の一角に幕府が作ったんだって。さ、行こう」

入り口で、料金を払う。

近隣住民の憩《いこ》いの場になっているらしく、ベビーカーを押している家族連れや、老人会の旗を持ったおじいさんおばあさんたちもいた。

正面の緩やかな坂を上っていく。

大きなメタセコイアの樹が生い茂る林を抜けていくと、小道に分け入っていく。

「そんなところに見るものがあるのか?」

「いいから。来て」

そう言われてしまってはしかたない。松岡は、彼に続いて小道を辿った。関係者以外、入る人間はいないのではないかと思うような奥に、こぢんまりした畑があった。

「いや、畑じゃないな」

小さく区画が区切られていて、ひとつひとつに立て札があった。

ゲンノショウコ、サンショウ、ハトムギ、トウキ、クララ、ヤマノイモ……。

「薬草園だ。ジギタリスまである」

「ボルジア家御用達《ごようたし》の毒薬だけど、循環器系の薬でもある。薬は毒になるし、毒も薬になる、だよね。よくヨナーシュがそう言ってたよ。こっちも見て」

薬草園の横に、木造の記念館が建っていた。昔、ここの薬草園を管理していた当時のまま、保存されているらしい。

その建物の中に入ると、木の床がきしんだ。壁一面に、植物の観察画が展示されている。胡桃《くるみ》材の机があった。小さな引き出しが、いくつも、並んでる。その引き出しひとつひとつに「双子葉類A01」などと、ラベルが細かく貼られていて、中には標本や採取した種子が入っていた。

なんだか、懐かしくなる。

「ここはヨナーシュのいた王立薬草園の管理小屋にそっくりなんだよ。オルレリアの城壁内には王家の先祖が古代の魔力を封印したと伝えられている森があって、珍しい植生だったんだ。ヨナーシュは採取した植物を研究してた。ちょうど、こんな感じだったよ」

久遠寺の横顔が、遠い思い出に浸っている。いけない。

できるだけ、穏便にオルレリアから意識をそらさねば。

「なんだよ、おまえは。またヨナーシュか。おまえは、その男のことばっかりだな」

いや、ぜんぜん穏便じゃなかった。平井、俺にデリケートな扱いは無理だ。そんなことができるくらいなら、この歳《とし》まで独身でいない。

久遠寺は微笑んだ。

「ああ。松岡。焼きもちを焼いてくれるのは嬉しいけど、ぼくにとっては彼もきみだよ。きみと同じ魂の器の持ち主なんだから」

「俺にとっては、知らない赤の他人なんだけど」

「そうだね。ごめん」

ちくちくするようなしょげ方をするのは、やめてくれ。

「松岡に見せたいのは、こっちにあるんだ」

「え、なに、ここ。思ったのの三十倍ぐらい、広いんだけど」

今までの林だけでも、けっこう歩いたと思ったのに、奥に入ると、まだつぼみの桜並木が続き、そこで終わりかと思いきや、今度は広大な日本庭園が広がった。隠れ里みたいな庭園だった。

「梅が」

日本庭園には、梅林が広がっている。ピンクや白い梅が、今を盛りと咲いていた。花の、いい匂いがしている。

「時代劇に出てきそうだ」

「そうだね。その昔は、殿様が鯉《こい》に餌をやりながら、お庭番と話をしたのかもしれないね」

殿様の御殿は今はなく、西洋館になっていたが、往時が偲《しの》ばれる華麗さだった。

「凄いな」

「気に入ってくれた？」

久遠寺が、にこやかにこちらを見つめている。松岡はあえて視線をそらす。なんだか、首のあたりがぞわぞわする。ぽりぽりと首を掻きながら、「あー、俺、腹が減ってきちまったなー」と、わざと大声で、松岡は言った。

壊れろ、変なムード。久遠寺が、「ああ」と、うなずく。

「ごめんね。気がつかなくて。お昼ご飯、食べに行こうか。ちょうどいい時間だよ。予約しておいたんだ」

お昼ご飯って言えば、近所の食堂の定食か、手っ取り早くチェーン店の牛丼か、さもなければコンビニ弁当をデスクで食べる。それが、松岡にとっての昼食だ。

だが、セレブリティな久遠寺にとっては違うらしい。

場所は赤坂《あかさか》。それだけでもびびる。さらに、料亭の和室。

接待されて生涯に二、三度行ったことがあるくらいだ。

雪見障子からは手入れされた庭が見えているし、掛け軸には鶏がいる。

「ここ、死ぬほど高そうだな」

「ぼくのおごりだから、気にしないで」

「気にするに決まってるだろ。出すって。自分の分だけだけど」

いったい、いくらなのかわからないが、サービス料を合わせても、今月と来月の食費を合わせれば、なんとかなると算段した。

「このぐらい、させて欲しいな。ぼくは、松岡の彼氏なんでしょう？　会えない間のプレゼントやデート代全部と考えたら、安いもんでしょう」

「そう言われても……」

「松岡のために、なにかしたいんだよ。これくらい、いいでしょう？」

久遠寺の中には、どうしたわけが、自分への恐いくらいの恋情がある。献身と言ってもいいかもしれない。

高校のときに「遠くに行ってくれ」と言っただけで、海外にまで行ってしまった男だ。誓って言う。そこまでして欲しかったわけじゃなかった。

そんな久遠寺のことだ。

たとえ言葉のあやだったとしても、万が一変にこじれたら、またなんかとんでもないことをしそうな気がする。

しばらく考えたのち、松岡は素直に頭を下げた。

「ごちになります」

「うん。まかせておいて」

久遠寺はご機嫌になった。


仲居が料理を一品ずつ持ってきてくれる、本格的な割烹料理だ。蟹《かに》、ウニ、白子、すっぽん、伊勢海老《いせえび》。贅沢な材料に、これ以上やったらくどくなるというぎりぎりの味付けで、饗《きょう》されてくる。

春らしく、白魚とフキノトウの天ぷらに菜の花の和え物が添えられていた。

ほんとにうまいものを食べるときには、口が利けなくなることを、松岡は知った。ただひたすらに、食べることに全神経が集中する。

「ぼくは運転するから遠慮するけど、少し飲みなよ」

そう言われて、ビールをいただくことにした。酒を飲むことはめったにないので、酔いがほどよく回ってくる。松岡も久遠寺も、いつの間にか、膝を崩してあぐらをかいていた。

それにしても、こいつは、こういうところに慣れているんだろうな。自分のように、ここに合わせようと必死になるんじゃなくて、このお座敷がこいつに合わせようとしているかのようだ。

いいシャツだな。もしかして、オーダーメイドかもしれない。彼にぴったりと合っている。

まあ、久遠寺だったら、どこのブランドのシャツでも着こなすことができるだろうけど。

そんなことを思いながら、彼を見ていると、彼が不意にこちらを見た。目が合った。松岡がそこにいるのが、いかにも嬉しいというように、彼は、にっこりと微笑んだ。

「うぐっ！」

チカチカと眩《まぶ》しく輝く特殊効果の攻撃に遭って、松岡はうめいた。

気安く、笑いかけないで欲しい。こっちの心臓が持たない。

すっぽんのだしで炊いた雑炊が締めに出てきた、そのタイミングで、松岡は久遠寺に聞いてみた。

「おまえ、どうしてセレブクリニックをやろうと思ったわけ？」

「へえ」

久遠寺は、驚いたようだった。

「松岡がぼくのことに興味を持ってくれるなんて。それだけでも、帰ってきた甲斐《かい》があったよ」

「だってさ、これが平井だったら、きっと『ああ、そうか』って納得できたよ。でも、なんか、違う気がする」

「うんとね、これは、予防医学の実践なんだよ」

そう、久遠寺は行った。

「予防医学？　美容じゃないのか？」

予防医学というと、錠剤のお高いサプリメントを飲むやつ。

美容と言えば、顔に何か塗ったり、身体を揉《も》んだりするんじゃないのか？

まったくピンとこずに、顔をしかめている松岡に、久遠寺は説明してくれた。

「予防医学と美容医学は、じつは、密接な関係があるんだ。人間の身体は、個人個人、違っている。弱点もひとそれぞれだ。そこを補わないと健康になれないし、美しくなれない。美とは、百二十パーセントの健康なんだよ」

久遠寺は、ふっと遠い目をした。

「病気になった人をたくさん見てきたよ。深刻な病気になったら、その人だけじゃない。かかわるすべての人が、否応なく、巻き込まれることになる。健康であるってコマが回っているみたいなものなんだよ。一度倒れると、起こすのは、至難の業《わざ》だ。予防するほうが、はるかにたやすい」

松岡は、転ばぬ先の杖《つえ》ってやつかと納得する。

「美しさは健康から。そのためのクリニックなんだ」

「じゃあ、予防医学のクリニックを作ればよかったじゃないのか」

「それだと、日本では開業が難しいんだよね。なんで、美容に特化したんだ」

「おまえは、変わらないんだなあ」

久遠寺が、首をかしげている。

「あー、ほら、おまえの土下座写真だよ」

「ああ、あれ」

久遠寺の顔がパッと輝いた。

「あれね。松岡が大笑いしてくれたやつ」

「笑うだろう。王子が隣の学校で土下座してるんだぜ」

久遠寺が生徒会長をしていたとき、隣の学校とたいへん仲が悪かった。正確には、向こうが勝手にこちらにイチャモンをつけてきて、なにかというと、威嚇《いかく》してきたのだった。やや柄の悪いその学校が、学園祭に殴り込んでくるのではないかと、もっぱらの噂だった。

だが、事前に久遠寺が相手校と話しあい、土下座するなら手打ちにしようということになったらしい。

久遠寺が懐かしそうに言った。

「ああ、あのときは、在校生に『久遠寺にはがっかりだよ、ことなかれで、なあなあかよ』って、言われたりしたよね。松岡だけだよ。あんなに受けてくれたのは」

「笑うだろ。王子なのに。それに、ことなかれのどこが悪い？　なにごともないのが一番だろ？」

「そうだよね。土下座したって、服が汚れるぐらいだもの。それも、コンクリートだったから、一回、クリーニングするくらいで、落ちたしね。無事に学園祭が開催されるなら、それに越したことはないからね」

「おまえの体面は、地に落ちたけどな」

「そんなもの、いいよ。落ちたいなら落ちれば」

ふふっと久遠寺は笑った。

「隣の学校の子たちだって、だれも心底からやりたかったわけじゃない。勢いに任せているうちに、引っ込みがつかなくなっただけなんだ。ことが大きくなれば、当然ながら校内ではおさまらずに、警察が介入してくる。そうなったら、あの子たちの将来にも、傷がつく。誰一人、得しない。土下座で済むなら、安いものでしょ」

いかん。また、彼がキラキラしてくる。

そう。彼のことを好ましく思っている。自分が彼の舞台に登場しないのであれば、ただ、微笑ましく応援できるものを。

なんで、自分に向かって一直線なんだと松岡は思う。

「あー、あれだ。おまえ、海外でもモテただろ」

話を変えようとしてみる。

「うーん、男性女性問わず、言い寄られはしたよね。人の好意にはわりと敏感だから、好かれているなという相手はいたかな。でも、それがなに？」

彼は、本気でそれをごく些細なことだと感じているらしかった。

「松岡以外って、みんな同じくらいの好意しか持てないんだよね。どんな美人に好かれても、嬉しさの度合いで言ったら、フランソワーズと同程度だ」

「フランソワーズってだれ？」

「実家で飼っている犬だよ。ボルゾイという犬種で、ロシア美人なんだ」

犬。美女も犬も同じって、極端すぎだろ。

「松岡。ぼくの話なんて、おもしろくないよ。今度は、松岡の話を聞かせてよ。どうして税理士になったの。松岡の成績だったら、弁護士でも医者にでもなれたでしょう」

「どっちも、金がかかる。頭だけじゃ、どうにもなんねえし、どっちもタフじゃないと続かないだろ」

「そういう理由？」

「そうだ。最短で金をそこまでかけずにとれる国家資格が税理士だったんだ。言っておくがな、これで税理士もけっこう、おもしろいぞ。金のやりとりを見ていると、その会社や個人の人格がわかる」

「それと妹さんを、育てるためだね」

そう、久遠寺は言った。

「結婚式でわかった。松岡は、妹さんを育てるために、最適な職業を選んだんだね」

その通りなので、なんにも言えなかった。久遠寺は、行儀悪く両足を投げ出した。

「悔しいなあ。そのときに、ぼくが日本にいたら、好きなだけ、お金を出してあげたのに」

「久遠寺。ちまちま上がっていたおまえへの好感度が、今、音を立てて地に落ちたぞ。おまえの、そういうところがだめなんだ。天然で上から目線」

「上からなんて、思っていないよ」

「思っていなくても、そうなっちゃうんだよ。自覚しろよ。やっかんでるこっちが惨《みじ》めになるだろ」

彼のすっぽんの雑炊がまだ残っている。

「おまえ、早く食っちまえよ。もう冷めてるだろ」

「中は熱いんだよ。食べ物の最適温度は、体温と同じ三十五度から四十度だっていうのが持論だよ」

「なんだ、そりゃ。風呂の温度かよ。いいから、食え。せっかくの雑炊がぬるくなるだろ。作ったひとに悪い」

「ん」

久遠寺が、ひな鳥のように、バカッとその口をあけた。白い完璧な歯並びと、桃色の舌が覗いている。

「人が見るだろ」

「誰も見ないよ。そのための座敷なんだから」

「くっ、しょうがねえな」

松岡は覚悟を決めると、木の匙《さじ》で、雑炊をすくった。

久遠寺は、自分がそう言いだしたくせに、松岡がいざ実行すると、「え、ほんと？」と、信じられないものを見る目で見ている。

松岡はあせる。

「早く食え！　こんなところを見られたら、俺の社会的地位が地に落ちる」

久遠寺は、身体を前に乗り出して、その匙から、雑炊を食べた。

「まだ熱いよ。もっと冷ましてよ」

「文句の多いやつだな」

松岡は、これは今日の支払い分、今日の支払い分と自らに言い聞かせる。

ああ、もう、まったく、ただより高い物はないというのは、悲しい真実だな、こんなことなら、ちゃんと自分の分は払えばよかったと思いつつ、松岡は匙ですくった雑炊を、口を尖らせて、フーフーと冷ましてから、久遠寺の前に持っていってやる。

「どうだ、今度は」

「うん、ちょうどいい」

そんなことをしているうちに、雑炊は残り少なくなってきた。

「もう、冷めてるだろ。自分で食えよ」

「やだよ。松岡が冷ましてくれた雑炊がいいんだよ」

「なに、わがまま言ってんだよ」

そう言いながらも、次のひと匙を差し出したときだった。からりと雪見障子があいて、仲居が入ってきた。

「あ」

死んだ。俺の、社会的地位が死んだ。

だが、さすがは、高級料亭の仲居だった。つかの間、ひるんだ様子は見せたものの、次の瞬間には、にこやかな笑みを浮かべて、言ったのだった。

「仲がよろしくて、よいことですねえ」

殺してくれ。今すぐ、俺を、殺してくれ。

とは言っても、大の男に匙を差し出しているという、今の状況が変わることはない。自分の匙から、久遠寺が、ぱくりと最後の雑炊を食べた。そして、悪びれもせずに言った。

「そうなんです。仲良しなんですよ」

「いや、その、こいつが、すごい、猫舌で」

ああ、自分は、なにを弁解しているのだろうか。こういうところなのだから、お偉いさんが、お気に入りの女性を連れてきて、あーんとしてもらっていることくらい、きっとあるであろうに。

「それでは、ちょうどよろしゅうございますわね。食後に、枇杷《びわ》のシャーベットをお持ちしました。舌を冷やして下さいませ」

「おいしそうですね。いい匂いだ」

圧倒的職業的生ぬるい微笑を顔に貼り付けたまま、仲居が雪見障子を閉めてしまうと、安堵と羞恥《しゅうち》で、わざわざ近くまで行って、久遠寺を激しく責めた。

「どうしてくれんだよ。仲居さんに誤解されただろ？」

「誤解ってなに？　ぼくと松岡はつきあってるんだから、誤解じゃないよね？」

そう言って、彼の指が自分の顎に添えられた。ぎくりとした。彼が、キスをしようとしているのかと思ったのだ。

そうしたら、「やめてくれ」と言ってやる。けれど、その手は止まり、やがて離れた。

なんだ、この。ものすごくほっとしたような、それなのに、残念なような。

しないなら、紛らわしいことをするんじゃねえ。

久遠寺は人の気も知らないで言った。

「シャーベット、溶けてしまうよ」

松岡はシャーベットを口に含んだ。シャーベットが、熱した自分の身体を、ほどよく冷ましてくれる。久遠寺が言った。

「ぼくが熱いものを苦手なのは、王子だったせいかもね」

「どう、関係があんだよ？」

また王子かと思いながら、聞いてみる。

「だって、熱いものなんて、絶対に出てこなかったもん」

「なんだなんだ。すべて生だったのか？」

「違うよ。城の厨房で作られて、部屋に運ばれるまでには冷めているし、毒味役が複数いて、みんなが食べて様子を見てからだから、どうしたって冷めちゃうんだよ。初めて熱いものを飲んだのは、ヨナーシュの研究室だったんだよ。スープを出してくれたんだけど、熱いのなんの。そのときに、ヨナーシュは、今みたいにフーフーしてくれたんだよね」

いかん、いかん。

こいつは、いつまで経ってもオルレリアから離れる様子を見せない。どうすれば、こちらに気持ちを向けられるだろうか。

「また、オルレリアの話か。そいつはもう、たくさんだ。久遠寺。俺といるのじゃ、だめか？」

「今、ぼく、松岡に誘惑されてる？」

久遠寺が微笑んだ。紙吹雪《ふぶき》のように、花が舞い散るのが見えた。特殊効果の大安売りだ。

「誘惑とかじゃねえよ」

「冗談だよ。ねえ、松岡。松岡は、平井に言われてぼくとつきあおうって思ったんでしょ。ぼくが、おかしくなってるって聞いて」

すっと目をそらしたのだが、久遠寺に笑われてしまった。

「わかるよ。松岡は嘘が下手だもの。でも、いいんだ。それでも、いいんだ。それは、松岡の優しさだし、そういうところが、ぼくはたまらなく好きだし、近くにいられるだけで嬉しいし、それにさ」

久遠寺は穏やかな声で告げた。

「こうして、松岡においしいごはんを食べさせてあげることもできるしね」

「……」

驕《おご》られるのは今日きりにしよう。一方的に驕られることに慣れてしまってはいけない。

「つきあっていたら、いつか松岡がほんとにぼくを好きになってくれるかもしれないし。ほら、ぼくっていいやつだし、金も持っているし、ハンサムじゃない？」

満面の笑みの久遠寺に、あきれる。

「おまえは俺以外に対しては紳士だし、金持ちなのも事実だし、美容クリニックを経営している医者のくせに、そんなの一切いらないイケメンなのも認める」

「ありがとう」

褒《ほ》められ慣れている者特有の、余裕を持った微笑を、久遠寺は浮かべた。そこに、松岡は付け足してやる。

「でもな、自分で言うやつがいるか？」

そういうところが、久遠寺のだめなところなのだ。

割烹料理店から外に出ると、日が傾きかけていた。店には駐車場がなかったので、久遠寺のポルシェは時間貸しに止めてある。そこまで二人して並んで歩道を歩いていると、女の子をつれた母親が、困った顔をしている。女の子が、しきりと街路樹のプラタナスを指さして、騒いでいた。

「とって、あれ、とって」

「みーちゃんがちゃんと握ってないから、飛んでいっちゃったんでしょ。もう、取れないわよ」

「いや、あれじゃないと、いやなの。とってよー」

背伸びしても取ることが不可能な、絶妙な位置に、赤いハート形の風船が引っかかっていた。

女の子は、三歳くらいだろうか。

世界が自分の思う通りにはならないとわかり始めて驚愕するお年頃だ。妹の美里など、月が欠けたことについて、自分に文句を言ってきた。

「うーん、いけるかな」

隣での久遠寺のつぶやきに、松岡はあせった。

「おい、おまえ、まさか」

「女の子が泣いているんじゃ、なんとかしないとね。はい、松岡。コートと上着、ちょっと持ってて」

久遠寺はそう言うと、上半身はシャツ一枚の身軽な姿になった。

「うーん、靴も邪魔だな」

そう言うと、靴を脱いで、靴下一枚で歩道に立ち、肩を回して、屈伸をする。

「うん、行けるでしょ」

「おい、やめろ。怪我《けが》でもしたら」

「大丈夫だよ。この高さからなら、飛び降りられる」

「そんなこと言っても、打ち所が悪かったら」

「ちゃんと帰ってくるから。安心して、待ってて」

そう言うと、久遠寺は松岡のこめかみにキスをした。「なにをしやがる」と文句を言う間もないほどに、素早い、瞬時のキスだった。

久遠寺は、その高い身長からは考えられないほどに素早く、プラタナスの凹凸《おうとつ》の少ない幹を登っていった。

今しも、彼が頭から落ちてくるのではないか。松岡は本気で心配して、いつでも彼を受けとめることができるように、コートと上着を抱えたまま、真下に待機していた。

だが、久遠寺は身軽だった。風船を取ると、あいたほうの手で枝にぶら下がり、「よっと」というかけ声とともに、飛び降りた。

「はい、どうぞ。これが、あなたのハートですよ」

そう言いながら、久遠寺はひざまずいて、女の子に風船をさしだした。彼女がまた逃がしてしまわないように、久遠寺は風船の紐《ひも》をしっかりとその手に握らせてやる。

「ほら、みーちゃん、なんて言うの？」

「あ、ありがとう」

言ってから、彼女は母親の後ろに隠れてしまった。

「ママ……。王子様？」

「あら、まあ。すみません」

久遠寺は、靴下をはたきながら、平然としている。

「よく、言われます」

靴を履いて、手を差し出す。

「松岡。ありがとう」

「あ、ああ」

松岡は、彼にコートと上着をさしだした。しまった。見とれてしまっていた。

松岡《まつおか》を送っていく帰りの車の中で、久遠寺《くおんじ》は言った。

「やっぱりさあ、松岡は、ヨナーシュだと思うんだよね」

「まだ、言ってんのか」

「だって、ぼくのこと、すごい必死な顔で見てたじゃない」

「どんなに低くても、たとえ一メートルの高さからでも、落ちて死ぬ場合があるんだ。甘く見るな」

「甘く見ていたわけじゃないけど、ぼく、ボルダリングやってたし、だいたい、上からぶら下がったら足の下は五十センチくらいしかなかったじゃない」

「……」

無言の松岡の顔を、久遠寺はしきりと覗《のぞ》き込んでくる。

「ごめんね、心配かけて」

「心配してない」

「昔、アスランが——」

そこまで言ったところで、久遠寺は口を閉ざした。

「アスランがどうしたんだ？」

「いや、松岡は聞きたくないかなあと思って。オルレリアの話はもうたくさんだって言ったじゃない」

「確かに、オルレリアの話は、いらない。が、途中で止めるな。気になるだろうが」

「前世のぼく、つまりアスラン王子が、木から落ちたことがあるんだ。リーリャがタランから連れてきた猫が逃げ出してね。木登りしたまではよかったんだけど、下りられなくなってしまったんだ」

「リーリャというのは？」

「ああ、うん。妹……みたいなものだよ。とにかくぼくはそれを助けようとして、猫といっしょに落ちたんだよ。地面までは、三階建てのビルぐらいの距離があった。そのときは、ヨナーシュが助けてくれたんだ」

「魔法が使えなくて悪かったな」

久遠寺がおもしろそうにこちらを見た。

「この世界ではフラムの存在も知られていないし、魔力が満ちていないから魔法も使えない。しかたないことだよ」

運転しながら、久遠寺は聞いてきた。

「ねえ、松岡。ぼくのことを、前より少しは、好きになってくれた？」

「別に俺は、おまえのことを嫌いじゃねえよ」

「そうなんだ？」

「ああ」

「じゃあ、好き？」

松岡は正直に答えた。

「俺にかかわっていないときのおまえは、好きと言ってもいいかもしれない」

「冷たいなあ。ぼくはどんどん、松岡のことが好きになるのに」

「そういうところが、どうにもわからねえんだよ」

「好きな相手に一途《いちず》になるのがいけないの？」

久遠寺は首をひねっている。周囲を飛び交う疑問符が見えてくるようだった。

松岡は噛《か》んで含めるように言ってやった。

「一般的には、最初はお友達で、しばらくしてから、この人のことが好きなのかも……ってなるんじゃないのか？　ましてや、男同士なんだぞ。そういう対象には見られないって断られる可能性を考えなかったのかよ。おまえは、一直線過ぎなんだよ」

「松岡がどうあっても、ぼくは松岡が好きだよ。それはもう、決まっていることだから、変えられないよ。松岡がぼくのことを嫌いでも、それはしょうがない。だけど、これ以上嫌われないように、意に沿う努力はするよ」

「一生、俺がおまえになびくことはなくて、ほかの女と結婚したとしてもか」

「そうなったらつらいね。でも、その通りだよ」


部屋に帰ってから、松岡はがくっと膝を突く。

「やべえ。あいつ、ほんとにやばいのな。変わらねえなあ」

ふっと笑えてきてしまう。

こたつの上では、ウサギのぬいぐるみの赤い目がこちらを見ていた。

「しょうがねえだろ。うまいもん食わされて、機嫌がいいんだ、俺は」

言い訳すると、松岡はウサギのぬいぐるみを持ち上げて、くるりと自分とは反対側に向かせた。

今のにやけている自分の顔を、ぬいぐるみといえども、見せたくはなかった。

眠りとともに、かの地を思い出す。

オルレリア暦四三八年。私の戴冠式の翌年。

花嫁となるリーリャが、北国タランからオルレリアにやってきた。

それは、私たち――私とヨナーシュに、思いもかけない変化をもたらした。


いつものように、お忍びで聖なる森の管理小屋に赴く。とは言っても、背後には護衛兵が二十人ばかりもついている。

「ヨナーシュ」

呼びかけると、彼は実験の最中だった。

「今日、いらっしゃるとは聞いておりませんでした」

「ああ、実験を続けて。途中でやめるのはよくないからね。今日は、来る予定ではなかったんだけど、この子がどうしてもって言うから。紹介するよ。タランのリーリャ。私の婚約者だ」

ヨナーシュはいつも表情をそれほど変えないのだが、このときばかりは、多少引きつっていたように思う。

リーリャと会ってくれという私の頼みを、彼はいつも断っていたので。

まさか、こんなところまで来るとは思わなかったのだろう。

「このような東屋《あずまや》に、未来の王妃を迎えるわけにはいきません」

「ご迷惑をおかけして、申し訳ありません」

私の身体《からだ》の陰に隠れるようにしていた少女が、おずおずと前に出た。当年とって七歳。銀色の髪に銀色の瞳。七人姉妹の末娘で「小さきリーリャ」の愛称でタランの国民に親しまれている姫君だった。

「こんにちは、ヨナーシュ様」

そう言って、彼女はドレスの裾をつまんでお辞儀をした。

ヨナーシュは膝を突いて、彼女と視線を合わせる。

「リーリャ様。私に『様』はいらないのですよ。一介の魔法使いですので」

リーリャは、こちらを振り返る。それから、ヨナーシュのほうを向き直ると言った。

「でも、アスラン様が、ヨナーシュ様は素晴らしい魔法使いだって」

彼女は無邪気にヨナーシュにおねだりする。

「お願いです。なにか、魔法を見せて下さいませ。私の祖国には魔法使いがあまりいないのです」

タランは、かつて魔法が禁じられていた国だ。フラムが大きく、魔法使いを志す者が他国に流出し、近年、ようやく解禁になった。

「では、簡単なものから」

そう言って、ヨナーシュは最初に町に出たときに客寄せに使った魔法を見せた。ヨナーシュのさしだした両手のひらの間に弦《げん》が張られ、タランの曲が流れる。リーリャは驚いていたようだったが、やがて、その目から涙が溢《あふ》れ出した。

「リーリャ様、どうされたのですか。私ヨナーシュが何か粗相をいたしましたか？」

「いいえ、いいえ」

目をこすりながら、リーリャが言ったので、私は彼女に手巾《ハンカチ》を渡してやった。それで目元を押さえながら、リーリャは言った。

「とても、懐かしくなっただけなのです。その曲は、四番目の姉様が得意でした。私、姉様の奏でる風琴《オルガン》に合わせて、よく歌ったのです。こんなふうに」

彼女は、朗々と歌い出した。のびのある、美しい声だった。歌い終わったときには、私とヨナーシュのみならず、周囲の護衛兵の間からも拍手が巻き起こり、リーリャはまた恥ずかしそうに、私の後ろに隠れてしまった。

「このようなところで、申し訳ありません」

そう言いながら、ヨナーシュは自分の小屋の台所に彼女を案内した。リーリャに茶が饗《きょう》される。その茶は、王宮から持参したもので、淹れたのもリーリャづきの侍女だ。王と未来の王妃であれば、自由に茶を飲むことはかなわない。リーリャはひどく残念がった。

「私、七色のお茶が飲みたかったです」

「もし、許されるのだったら、王宮にうかがってお出ししますよ。毒見が入るのでぬるくなってしまいますが、楽しんでいただけると思います」

私は、正直、驚いた。あれだけ私が王宮に来てくれるように懇願しても、一向に腰を上げなかったヨナーシュなのに、リーリャの頼みとあれば、聞いてくれるのだ。

そのあと、王の庭をヨナーシュとともに歩きながら、私がそう言うと、「身分は違うけれど、異国に一人だけの心細さはわかるからね」と彼は言った。

「ヨナーシュは、優しいね」

虐げられた者の気持ち、大きな力の前に、なすすべもなく抗えずにいる者の気持ちが、わかるから、きみはきっと優しいのだ。

「リーリャ様の年齢は聞き及んでいたけれど、ほんとうにお小さいんだね。『小さきリーリャ』の名前の通りだ」

「私とは十一歳、年齢が離れているから、妹みたいな気がするよ。もし、いやじゃなければ、ときどきは王宮に来て、リーリャの話し相手になってやってくれないか」

「うん……」

ヨナーシュは、金色に輝く楓《かえで》の木の下で、私に言った。

「私は、優しくなんてないよ。アスラン。醜いことに、私は彼女に嫉妬《しっと》していたんだから。でも、今日、彼女を見て、思ったんだ。リーリャ姫だって好んでオルレリアに嫁いできたわけじゃない。もし、彼女が少しでも心慰められるというのなら、私は彼女の専属魔法使いになるよ」


おかしなものだ。

違う形の幸せが、自分たちに訪れつつあった。

リーリャとヨナーシュと私。

私とリーリャはたびたびヨナーシュの管理小屋を訪れ、そのあと、私とヨナーシュは王の霊廟《れいびょう》に参るという名目で、王の庭を歩いた。

そんな穏やかな日々が続いていた。

そう。五年後の黒い獅子の年の二月までは。


久遠寺は目を覚ました。

この夢から覚めるときはいつもそうなのだが、しばしここがどこかわからなくなる。

自分がアスランなのか、久遠寺宗昭《むねあき》なのか、境界線が曖昧《あいまい》だ。

そして、ひどく疲れている。頭の奥が痛い。

自分の中のフラムがいっぱいいっぱいなのだろう。自分のフラムはアスランの分まで入るほどは大きくない。頑丈でもない。

それでも、忘れたくない。覚えていてやりたい。

これが未練という感情なのだろうか。

松岡の自宅はファミリー向けマンションだ。もとは、母親が離婚の際の慰謝料を頭金にして購入したもので、そのローンの残りの大半は、彼女が亡くなった際に支払われた保険金でまかなわれた。

かつては、三人が生活していて、手狭だった。

妹との二人暮らしになって、ちょうどよくなった。

そして、妹は結婚して家から出て行ってしまい、松岡は一人になり、空間を持て余している。

その隙間を埋めるかのように、松岡はテレビに依存するようになってしまった。

『見て下さい。カレーのあとの鍋がほら、お水をかけただけで、こんなにするする落ちるんです』

『すごいですね。まったく、こびりついていないんですよ』

テレビの通販番組では、決してこびりつくことのない鍋を特集していた。それに向かって、松岡はつぶやく。

「うん、だから、どうした?」

まずいな。

最近、すっかり、テレビ画面に向かって話しかけるくせがついてしまっている。これはよない傾向だ。

だからと言って、テレビに話しかけないと、家にいるときには、一言も発しないことさえある。

「……」

気のせいだろうか。こたつの上のウサギのぬいぐるみ、スヴェトラが、だったら自分に話しかけろと主張している気がする。

「うん、いいんだよ。ぬいぐるみに話しかけるのは、問題ない。まずいのは、おまえが俺に話しかけてきたときだな」

そうしたら。

「そのときには、久遠寺と同じになってしまうじゃないか。そうなったら、誰が久遠寺を支えてやるんだよ」

電話の着信音がした。妹の美里《みり》だ。

松岡はめったに見せない、優しい顔をして、通話に出る。

「どうした、美里。新婚旅行から帰って、もう夫婦げんかか?」

『違うよー。仲良くしてます。おにいこそ、毎日、会社で時間潰して帰って、家でろくなもの食べてないとか、ないでしょうね?』

おまえ、どうしてそんな、見てきたようなことを言うのだ。そのままなんだが。

「そんなことは、ないぞ。このまえなんか、料亭で飯を食ったし」

『え、そうなんだ。いいな、いいな』

「それで？　なにか、用があるんじゃないのか？」

『あのね、うちって、たしか経済番組チャンネルの配信登録してたよね』

「ああ、一応、税理士だからな」

『あれの「今週の人」、久遠寺さんだよ。ほら、私の結婚式の二次会に来てくれた、おにいの友達。あんな、目立つ人が友達だったなんて、知らなかったよ』

「ああ……。まあ……」

「おにいちゃん、久遠寺に求愛されて、とうとう、つきあうことになったんだ。これから、彼と待ち合わせて鎌倉《かまくら》デートなんだ」……――とは、言い出せない。

『見たら、出てきて、びっくりしたの。それだけ。じゃね』

なんだ、それだけか。そう思いながら、松岡はリモコンを手にすると、テレビを経済番組配信チャンネルに変えた。『今週の人』をクリックする。

今月に開業した久遠寺クリニックのことをやっていた。品川《しながわ》の一等地に、自社ビルを持っている。

カメラが久遠寺クリニックの中に入っていくと、豪華なホテルみたいな内装が映った。

「すげえとこだな。高そう……」

頭の中で、総額を計算してしまう。これは、職業病というやつだろう。

久遠寺が、インタビューを受けている。いつか見た、白いスーツの胸に赤い薔薇《ばら》の花を挿した姿だった。

「あのときに撮影したのかな。それにしても、なんか、どっかの俳優みてえだな」

久遠寺は、アメリカでアンチエイジングの第一人者に見込まれて、助手をしていたのだが、やがて、美容部門を任せられ、この若さで、世界のセレブ相手に仕事をするようになったと説明があった。

アメリカでは、美に気を遣う、俳優そして政治家、社交界の中心にいる著名人、中東の王族たちなど、そうそうたるクライアントがついていた。その人たちは久遠寺の処方を「まさに神。美の神の所業だ」と絶賛していた。

「へー、そういや、アラブの石油王に、あの車を買ってもらったって言ってたなあ」

あれは、本当のことだったのか。

そんな久遠寺だったので「帰国したい」と言い出したときには、ずいぶんと引き止められたらしい。

それでも、彼は、日本に帰ってきた。

久遠寺クリニックでは、保険は使えない。高価なサプリメントと最先端の美容点滴がメインとなる。お値段は、下は二十万円ほどから、上は数百万になるという。それでも、半年先まで予約はいっぱいだ。

アラブの石油王や、ハリウッドの有名女優が、このクリニックに通っている。そのために、羽田《はねだ》空港に近い品川に開業したのだとナレーションが入った。

半袖立ち襟の短い白衣、いわゆるケーシー姿で、クリニックで立ち働く久遠寺が映った。胸に薔薇は、さすがに挿していない。

「こうしていると、自分の前にいるときの百倍、凛々《りり》しいな。ほんとに王子様だ」

現世で王子なのは、もう許す。

でも、前世王子はだめだ。いかん。

最後は、『さすが美容医療界のプリンス、相手にするのは世界のセレブだけなのです。なんと、ゴージャス』としめくくられていた。

テレビを消す。そろそろ時間だ。

もう階下に久遠寺が来るだろう。あいつのことだから、自分が下に下りていっただけで、嬉《うれ》しそうに駆け寄ってくるのに違いない。いつだって、あいつは一直線にこちらに向かってくるんだ。まぶしいくらいに。

「あいつの世迷《よま》い言《ごと》を、早くどうにかしないとな。いつまでもつきあってられないもんな」

松岡は玄関まで行くと靴を履き、立ち上がり、鍵《かぎ》を外した。とたん、めまいがして、その場に座り込んでしまった。

「やっべえ」

今日は、鎌倉までドライブの予定なのに。

すごくおいしい店があるんだよと、通話で告げる声は浮かれていた。ランチにかける費用は予算三千円以内と厳しく言っておいたから、今日は割り勘でいけるだろう。

早く行かないと、あいつが待っている。久遠寺が、待っているのに。

そう、思ったことまでは覚えている。


気がつくと、豪華なホテルの一室にいた。ふかふかの大きなベッドに寝かせられていて、ソファセットが見える。

「なんで……」

ここが病室だと気がついたのは、かすかな薬品臭と、なによりも、自分の腕に繋《つな》がれている点滴だった。

クラシックが流れている。

壁には風景画がかけられていた。

かたわらには久遠寺がいて、点滴の調節をしていた。彼は、ケーシーを着用していた。

「松岡。よかった。気がついた？」

「俺は、なんで、こんなところにいるんだ？」

「玄関先で倒れてたんだよ。時間になっても下りてこないから、心配で迎えに行ったんだ。松岡は、うずくまってた」

ようやく、記憶が繋がり始める。

「ああ、そういえば、クラクラしたっけ。よくあるんだ」

「救急車を呼ぼうとしたけど、そう言って、止めたんだよ。『よくあることだから、しばらくしたら治るから』って。それで、念のため、うちに運び込んだんだ。血液検査をしました。脱水と貧血。栄養不足です」

「うち？　うちに運び込んだ？」

うちとは言っても、ここは久遠寺の家ではないだろう。そして、久遠寺のケーシー姿。ということは――……。

「ここは、久遠寺クリニックか？」

「そうだよ。その、特別室。この部屋しかあいてなかったからね」

さきほどの配信番組のナレーションが、松岡の脳裏にこだまする。

……さすが美容医療界のプリンス、相手にするのは世界のセレブだけなのです。

松岡の背を、冷たい汗が流れていった。

久遠寺クリニック……点滴……特別室……。

「わーっ！」

松岡は起き上がると、自分に繋がっている点滴をはずそうとした。このクリニックのお高さは、今朝の配信経済番組でわかっている。久遠寺クリニックは美容目的のクリニックだ。健康保険は利かない。すべて自費だ。自分が、骨身を削って、血の汗を流して貯《た》めた金が、削られてしまう。

「松岡。いきなり、どうしたんだ、針が血管に刺さってるんだ。暴れたら、危ない。怪我《けが》をする」

「抜いてくれ。今、俺に入れたものをすべて出せ」

「むりだよ。それに、変なものは入れてないよ。ぼくがしたことだから、お代はいらないし」

お代はいらないのところで、正気にかえって、おとなしくベッドに横たわった。

久遠寺は、点滴の速さを調節している。

「もっとちゃんと調べれば、最適な量がわかるんだけどね。それでも、血液検査の結果から、松岡に足りないものプラスアルファを入れたから、だいぶ気分はよくなっているはずだよ。さっきより、手足が温かいでしょ？」

「ああ、言われてみれば」

「その人が普段食べているものとか、家族の病歴、顔色とか姿勢、肌のつやを見たら、なに

が足りなくてどうすればいいのか、わかるんだよ。血液検査をすれば、いっそう確実に、その人に合ったレシピを出すことができる」

「効果があるのはわかったけどな。でも、お高いんでしょう？」

数十万円から数百万円、しかも、保険は一切利かないと来た。そんなものを受けることができるのは、一部のセレブだけだろう。

「そうだね。今は、オーダーメイドのレシピだから高いけど、結果を積み重ねて、エビデンスに繋げれば、いろんなところでできるようになるでしょ？」

「そういうもんなのか？」

「今すぐじゃないけど、いずれ、そうなって欲しいな。洋服みたいにね。オーダーメイドの洋服は、とても高価だ。でも、ＳＭＬサイズで大量に生産できる洋服は、安価で入手しやすいでしょ？　予防医学もそのくらいの規模になれば、価格も下がって、みんなが健康を享受できるじゃない」

久遠寺は、静かな声でそう言った。

そうか。そんなことを、考えていたのか。

学園祭で土下座したときと同じだな。おまえは、
他人のために、自分が泥をかぶることをおそれない。今だって、知らない人間は、ただ、金目当てに開業したのだと思うことだろうに。

目が合うと、久遠寺がにっこり笑った。ぴかっとまぶしく光った。

「う」

「ぼくっていいやつでしょ」

それはそう思う。というか、とっくに知ってる。

「自分で言うな」

コンコンと部屋のドアがノックされた。女性の声で、「久遠寺先生、アドバイスをいただきたいのですが」と声がかかる。

「いいよ、入って」

部屋に入ってきたのは、久遠寺よりかなり年上と思われる、美しい、落ちついた雰囲気の女性だった。彼女は、松岡に会釈すると、タブレットを差し出した。

「久遠寺先生。お休みなのに、申し訳ありません。本日のクライアントのレシピなのですが、少々この点滴を増やしたいのですが」

「うん、いいね。どのくらい？」

「そうですね。あと、二十ミリグラムほど」

「賛成だね」

「ありがとうございます」

「最初だから、ゆっくり入れてみて。もし、なにかあったら、連絡入れて。大丈夫だと思うけど」

「信頼しています。私たちも、クライアントも」

彼女の瞳の中に、同僚以上の好感を見たのは、気のせいなのだろうか。その好意を、久遠寺はまるで空気のようにいなしているのが、さすがだった。

松岡の点滴は、それから三十分ほどして終わった。針の痕《あと》を消毒しながら、久遠寺が浮かない顔をしている。

松岡は、ここは素直に謝った。

「すまなかった。せっかく、誘ってくれたのに。この埋め合わせは必ずするよ」

「うん？　それは、いいよ。出先で倒れたのじゃなくて、まだしもよかった。念のため、うちの提携病院で検診を受けてもらうように手配したから、次の休みには行ってね」

「ちょっと待てよ。そんな、勝手に。一応、事務所での健康診断は受けてるんだ」

久遠寺が正面から松岡を見た。

「う」

再会してからこっち、いや、自分たちが高校のときに会ってから、こんな毅然《きぜん》とした目をした久遠寺を見たのは、初めてかもしれない。

久遠寺は松岡の言葉に、柳のように従ってきた。

「ぼくも、たぶん、松岡は貧血だと思う」

だったらいいんじゃないか。そう言いかけたのだが、彼は厳しい声で言った。

「でも、そうじゃないかもしれない。予防できたら、それが一番だけれど、もし、病気になったのなら、一刻も早く治療を開始することだよ。自分の身体なんだよ？」

こいつ、ずるいな。いつもは王子だよーって花びらをヒラヒラさせたり、星をチカチカ飛ばしたりしているのに、今このときには、医者の顔をして、ビシッと決めてくる。逆らえないじゃないか。

「わかりました」

「よかった！　松岡は一度約束したことは、守る男だって妹さんも言っていたし、これで安心だ」

久遠寺は、たちまちのうちに相好《そうこう》を崩した。

「おい、おまえ、いつの間にうちの妹とそんなに親しくなったんだ。油断も隙もないな」

「それで、今日の埋め合わせなんだけど」

「あんまり高い店はだめだぞ」

こいつの金銭感覚に従っていたら、こちらの財布が干上がってしまう。自分の生活はとにかく、万が一があったときには美里に生涯生きていけるぶんくらいは残してやりたい。

「それは、ないよ。お金ではないです。……うーん、松岡はいやがるかも」

久遠寺はやけにもったいぶってくる。

「いやがるかどうかは、言わないとわからないだろ」

「松岡に断られたら、それはそれで、悲しいしね。ショックじゃないってことはないから」

松岡は、病院のベッドの上に起き上がった。

「やらしーことじゃねえだろうな」

「違います。ぼくのことをそんな男だと思っていたなんて、ショックだよ。そういうことは、二人が愛し合って、納得して、いたさないと意味がないからね」

行動はぶっ飛んでいるのに、言っていることは限りなくまともだ。

「ふん」

高校のときに、あんなにひどいことをするつもりじゃなかった。こいつのことだから、「やだよ、そんなの」とでも言って、そのまま同じ高校に通い続けるのだと信じていた。

まさか、あんな思い切ったことをするなんて。

遠くに転校して、そのまま戻らないなんて。さらに、そこから、海外に行って、帰ってこないなんて。

彼のご両親にも、申し訳なくてたまらない。

鎌倉にドライブをキャンセルしてしまったぶんだけではなく、ついでに過去の埋め合わせをするつもりだった。だから、松岡としては、精一杯の譲歩をしたのだった。

「俺にできることなら、なんでもしてやるよ」

高校二年の告白のあとに、おまえが俺にしてくれたように。そういうつもりだった。もし、このときに久遠寺が松岡に対して、どこか遠くに行けと言ったのなら、喜んでそうしただろう。

だが、久遠寺が言い出したのは、それとは正反対のことだった。

「松岡。ぼくと住んで欲しいんだ」

「はあ？」

意味がわからない。まったくもって、理解不能だ。

「なんで、おまえと？」

「できることなら、なんでもしてやるって、啖呵《たんか》を切ったのは、嘘？　それは、今まで家族としか住んでいなかった松岡が、赤の他人であるぼくと住むっていうのは、心労も多いと思うよ。でも、ぼくは、今の松岡を一人で過ごさせるほうがいやだ。倒れるなら、ぼくの見ているところで倒れて欲しい」

「倒れる前提なのかよ」

「ぼくと暮らしたら、そうはさせないように努力するよ。松岡、妹さんが結婚して家を出てしまってから、ろくなもの食べてないでしょう。治療の参考にするために、なにを食べているのか知りたくて、冷蔵庫の中を確認させてもらったけど、ほとんどからっぽだったよ」

「たまたまだよ。ほら、休日の前だから、食べ尽くしただけだって」

「自炊しているのだったら、調味料がもっと充実しているし、米やパスタ、缶詰などがあるはずだ。まったくなかった。ぼくは、心配でたまらない。今は、まだ、病気じゃないと思う。でも、このまま行ったら、早晩、深刻な病気を引き寄せかねない。そうなったときに、もっとも悲しむのは、妹さんだよ」

「ぐっ」

久遠寺め、痛いところを突いてきやがる。

そうだ、松岡は、妹に弱い。妹が悲しむと言われたら、それはいけないと反射的に思ってしまう。

「もし、申し出を断ったら、ぼくは美里さんに、松岡が倒れたことを報告するよ」

「え」

見れば、彼は携帯を掲げていた。そこには、島田《しまだ》美里と妹の名前がある。彼女のアドレスを、久遠寺はいつゲットしたんだろうか。

「このまえの結婚式の二次会のときだよ。お兄さんのことを、すごく心配していたよ。いい妹さんだよね。『おにい、自分のことは後回しなんで、心配なんです。何か無茶や不摂生してたら、連絡して下さい。私がガツンって言ってやります』ってさ。どう、ガツンって言ってもらう?」

うう。

これは。

「ずるいぞ、卑怯《ひきょう》だぞ、妹を出してくるなんて」

ジタバタしても、無駄だった。

「で？」

今の自分は、完全に急所をつかまれている。こう言うしかない。

「わかりました。お世話になります」

「うん。こちらこそ。松岡と住めるなんて嬉しいよ」

「その代わり、妹にはぶっ倒れたことを連絡しないでくれ。あいつ、俺と別れてようやく、新婚生活を満喫してるんだ。心配かけたくないんだ」

「約束するよ」

彼は、携帯端末でチェックしている。

「引っ越しは来週末にしよう。それまでに持っていくものを吟味して欲しいな。それと、松岡の部屋の合鍵を貸して欲しいんだ。もし、松岡がいなくても、勝手に荷物を運ぶから」

なんとか、先延ばしにならないかなと思っていた松岡だったが、久遠寺はぐいぐい決めてくる。自分のひとことで、海外にまで行ってしまったこの男の行動力を、自分は舐《な》めていた。

「松岡と暮らせる……。夢みたいだ……」

感に堪《た》えないというように、こちらを見ている久遠寺に、肩の辺りがぞわぞわした。

「松岡はぼくを好きじゃないからわからないと思うけど、これは、ぼくにとっては、エポックメイキングとも言うべきできごとなんだよ。これからは、朝目が覚めると、同じ家に松岡がいるんだよ。同じものを食べて、話もできるんだよ。今まで、松岡に飢えていたので、そういう仕様になってしまっているんだけど、供給過剰で倒れるかもしれない」

なんという、大げさな喜びようだ。口の端がぴくぴくする。

「喜びすぎだろう」


引っ越しは、迅速に行われた。

前日までに、どうしても運ばなくてはいけないものを決めておくように言われていたのだが、グズグズとしていたら、朝の八時にチャイムが鳴って、松岡が呆然《ぼうぜん》としているうちに、久遠寺が率いる引っ越し屋がやってきて、あっという間に荷物を運び出されてしまった。

松岡はポルシェに乗せられて、久遠寺の部屋に移動させられる。まだ寝間着代わりのスウェットのままだった。

久遠寺の部屋は人が暮らすにしては、あまりに豪華だった。

「うわー、落ち着かねえ」

明るい。広い。高い。生活の匂《にお》いがない。

「いいよ、松岡が好きなように使って。こたつを入れる？　和室のコーナーを作る？」

そう言った久遠寺が、カウンターの上にのせたバッグを見て、松岡はいやな予感に身を震わせた。

「なあ、それ、なんだ？」

「うん？　大切なものだよ」

「もしかして、あれか。呪いのぬいぐるみ」

「呪いなんて、ひどいことを言わないでよ」

これだけは、持っていくのをやめようと思っていたのに、久遠寺ときたら、しごく大切なもののように、そうっと、ブランドもののバッグからそのぬいぐるみを取り出した。

「出たー！」

「ひどいよ、そんな。スヴェトラのことを、化け物みたいに」

「みたいじゃなくて、化け物じゃないか。おまえに、話しかけてくるんだろ？　どう考えても、ヤバいやつだろ」

「そんなことないよ。スヴェトラは、だいたいが、わがオルレリアの守護神って言われてたんだからね」

「あああ、それそれそれ！　そのウサギのぬいぐるみがあると、おまえがやたらオルレリアのことを話し始める、それがいやだったんだ。避けたかったんだよ」

だが、もう遅い。

久遠寺は、ぬいぐるみをまた元の神棚に祀《まつ》っている。さらに、ぽんぽんと柏手《かしわで》を打っている。それは、オルレリアの守護神とやらへの礼儀としてはかなっているのか。

「スヴェトラを置いてきたら、かわいそうでしょう。寂しがるよ。スヴェトラはバルボラ戦《せん》役《えき》で活躍したんだから、大切に扱わないとね」

「おまえの妄想は、自由自在だな」

あのぬいぐるみを洗ってなんて、やるんじゃなかった。手が滑ったことにして、どこかの隙間に、永久に閉じ込めてしまえばよかった。

だが、そう口にしたら、きっと久遠寺は笑うのだ。

――しないよ、松岡は。だって、とっても、優しいもの。


松岡は、久遠寺のマンションに引っ越したことを、誰にも教えなかった。郵便物は迅速に転送されるように久遠寺が手続きをしてくれていたし、家用の電話は使っておらず、用事があれば自分の携帯にかかってくる。別に、同棲したのでも、結婚したのでもないのだから、申告する必要もなかろう。

そう、自分で結論づけた。

だが、さとい者はさとい。

十日目にして、橋本《はしもと》に声をかけられた。

「松岡先生、変わられましたね。ぱりっとしたというか」

松岡は、憎まれ口で返す。

「なんですか。以前は、だらしなかったみたいじゃないですか」

こんな軽口をたたけるのは、気安いからだ。

橋本も、慣れたものである。

「そうは言わないですけど。三十代になってからは、なんだかどんよりしてきて、おっさんに片足突っ込んだみたいなところは、ありましたよ。せっかく、若い先生が入ってきたのに、おっさん先生が二人になっちゃうのかなあって、心配していたんですけど。最近の松岡先生は違いますよね。お肌も髪もつやつやつや」

にこっと、橋本は笑った。えくぼができた。

「愛の力ですねー」

「なんのことですか?」

「久遠寺さんのラブパワー、すさまじいです」

ラブパワーだと?

「気色悪いこと言うの、やめて下さい。単に、あいつのクリニックの実験台になっているだけです。わけのわからん錠剤を飲ませるし、オールインワンゲルとかいうにゅるにゅるした液を塗りたくるし、シャンプーとコンディショナーは指定のものを使わないとうるさいし。

いやだって言ったら、点滴されそうになるから、しょうがなく」

前回は金を取られなかったが、次にはお代を請求される可能性だってある。そうなったら、いったい、いくら払えば許されるのか。

税理士として、まあまあの金を稼いではいるのだが、どう考えてもマイナスだ。

そんな松岡の愚痴《ぐち》を、橋本はニコニコと聞いている。

「……なんで、そんなに嬉しそうなんですか？」

「よかったーって思って。なんか、松岡先生って、自分のことはどうでもいいって感じで。これから、どうなっちゃうんだろう、いい人がお嫁に来てくれたらなあ、なんて思ってたんですよ。お婿《むこ》でも、今の世の中、ぜんぜんＯＫです」

「俺は、ＯＫじゃないです」

橋本は、椅子《いす》を近くに持ってきて、松岡の顔をのぞき込んでくる。

「久遠寺さんのこと、好きなんですよね？」

「そういうんじゃないです」

おかしいわねえと言いながら、橋本は頰に手を当てている。

「なにがおかしいんですか？」

「だって、松岡先生には、彼がキラキラして見えるんでしょう？　あの人はすごいハンサムだったけれど、私にはキラキラまでは見えなかったですからね」

「う」

そうか。あのキラキラとかヒラヒラは、ほかの人間には見えないのか。あんなにはっきりと、まぶしいほどにわかるのは、自分だけなのか。

「愛ね。愛なのね。愛の力が、そうさせるのね」

自分の恋愛の季節が終わったからと言って、人の恋愛事情をかき回すのは、勘弁してほしい。橋本にとっては娯楽なのかもしれないが、自分にとっては真剣な問題だ。

「たぶん、ですけど、キラキラが見えるのは、別に愛の力とかじゃないと思います」

「あらあら、いいのよ。別に、照れなくても」

「照れているわけではまったくなくて、あれは、単に、健康のバロメーター的なものです」

「健康のバロメーター？」

何言ってんだという顔で見られて、そりゃそうだとなる。

「俺には、あいつが元気だと、キラキラして見えるだけです」

松岡は、そう言い切った。

そうだ。あいつは、キラキラしてヒラヒラしているのがいい。それが、いいんだ。

「あ、俺、今日も定時で帰りますから。何かあったら、その前にお願いしますね。橋本さん」

「わかったわ。大先生にも伝えておくわね」

橋本はそう言うと、自分の席に戻っていった。

松岡が、定時で帰って料理をする。

たいしたものは作らない。デリを買って帰ることも多いし、単にレタスをちぎって、サーモンとあえるだけのサラダを作ることだってある。

気が向いたときには、適当に煮物を作る。

ただ、スープだけは自分で作った。

「お？　雨か？」

舳先《へさき》のような大きなガラス窓に、叩きつけるように雨粒が落ち始めていた。

あまりに高いところに部屋があるので、この部屋の窓は開かない。へたをすると強風が吹き込んできてしまうからだ。

やがて、久遠寺が帰宅した。

「降ってくるとは思わなかった。濡《ぬ》れちゃった」

「おまえ、風邪《かぜ》を引くぞ。予防医学が云々《うんぬん》言っている医者が、しめしがつかないだろうが」

そう言って、松岡は、彼にバスタオルを渡す。

久遠寺は、じつに嬉しそうに笑った。

「なんだよ？」

いささか、こちらが照れくさくなるほどにまっすぐな目をしている。

「うん？　いいなあって思って。家に帰ったら、松岡がいて、バスタオルを差し出してくれるなんて。濡れるのもいいものだね」

「よくない。おまえ、せっかくのポルシェが泣くぞ。車で通勤しろよ」

「松岡のお気に入りのスーパーマーケット、駐車場が狭いからね」

久遠寺は、一枚のカードをご機嫌で差し出した。

「ほら、これを見て！」

目がキラキラと輝いている。犬を飼ったことはないが、投げたフライングディスクを口にくわえて帰ってきた犬は、きっとこんな目をしているんじゃないかと思う。

「うん……」

彼の差し出してきたものは、松岡が価格重視で通うようになったスーパーのスタンプカードだった。このスーパーマーケットは、雨の日になると、スタンプカードに二倍、押印してくれるのだ。

「ほら、雨の日サービスだよ。雨がそろそろ降り出しそうだから、降るまで待ってから、会計したんだ」

「それでおまえが濡れたんじゃ、どうしようもないだろう」

「ぼくは、松岡の喜ぶことなら、なんでもやってあげたいんだよ」

うう。

セレブな高層タワーマンション住まいよりも、ポルシェよりも、お高いサプリメントやオールインワンゲルよりも、このスタンプカードが嬉しい自分の器の小ささがちょっぴり情けない。

「気持ちは嬉しいが、風邪を引くぞ。着替えて来いよ。メシにするぞ」

スタンプカードに押してもらうのなんて、久遠寺からしたら、あまりにも吹けば飛びそうに小さな利益に過ぎない。それなのに、つきあってくれているのが、ありがたいが、申し訳ない。

「松岡に喜んでもらえると、嬉しいから。がんばるよ」

風呂に入って室内着に着替えてきた久遠寺が、キラキラの笑顔で、そう言った。松岡は苦笑せざるを得ない。

「次にはちゃんと傘を持っていくんだぞ」

「わかった」

「おまえ、いいやつだな」

そう言うと「でしょ?」と返ってくる。耳のあたりがこそばゆい。

久遠寺が悪人ではないことは、理解しているのだ。

こちらにからんできさえしなければ、好ましいと感じている。ただ、こちらに向ける愛情が度外れているだけだ。

「ポイントカード、あともう少しでいっぱいになるんだな」

「じゃあ、ご褒美《ほうび》をちょうだい」

ご褒美？

冷蔵庫にアイスクリームがあったことを思いだして、松岡は言った。

「甘いものはだめだぞ。夕食が入らなくなる」

「そんなんじゃないよ。ハグさせて」

そう言って、スーツから室内着に着替えた久遠寺は両手を広げた。いや、なんだ。おまえ、手が長いな。胸筋が立派だな。

いつもは自分に合わせて、ほんの少し、身体をこごめてくれているので感じなかったが、いい身体をしている。

思ったより、でかい。

松岡は押されたように後ろに下がる。

鷲《わし》が、翼を広げたみたいだ。想像していたよりはるかに大きくてひるんでしまう。

こわい。

「いやだ」

きっぱりと言うと、その猛禽類《もうきん》は翼を畳んだ。肩をすぼめて、しゅんとなっている。

「そうだよね。調子に乗ってた。松岡は、ここにいるだけでも、譲歩してくれているのに」

くっ、なんだ。この罪悪感は。

この久遠寺の表情は、高校二年のときに、見せた、あれを思い起こさせる。忘れたことのない、あのときの顔。

——だったら、二度と、俺に顔を見せないでくれ。できれば、俺の手の届かないような遠くに行ってくれ。

そう言ったときに、見せた、絶望、情愛、諦念《ていねん》。

ずきずきと、胸を突き刺してくる。

ああ、自分は、これに弱い。めちゃくちゃに弱い。

「三秒、三秒だけだぞ」

そう言って、眼鏡《めがね》を外して、テーブルに置いた。

「うん！」

すっと、両手を広げられると、迫力だ。じりじりと後じさって、壁に背をつくことになった。もう、あとがない。

彼の両腕が、自分を覆う。翼の中にくるまれた心地だ。

風呂上がりの蒸気にのって、彼の匂いが、立ち上ってくる。久遠寺クリニック御用達《ごようたし》の、えらくいい匂いだ。自分だって同じボディソープを使っているのに、こうはならない。この匂いを吸い込むと、おかしな気持ちになる。

松岡は、息を殺した。

ついでに、己も殺した。

そして、秒数を心の中でカウントした。

——さん、にー、いち、ゼロ！

両手を突っ張る。久遠寺の、身体が離れた。

「はい、おわりー」

「もっと、してよ」

「甘えるな」

「うーん、残念」

そう言いながらも、久遠寺は胸に手を当てて、感無量というように息を吐いた。頬が紅潮している。

「はあ。でも、すごい進展だよね。松岡が、さわらせてくれた」

俺は猛獣かと、悪態をつきたくなるのをこらえる。

もう、何度も言っていることを、松岡はまた口にする。

「おまえ、俺じゃなくて、ほかの人間とつきあえよ。そしたら、その日のうちにさわらせてくれるよ」

即答がかえる。

「いやだよ」

「おまえのクリニックの、あの美人のお医者さんとかどうだ?、彼女、おまえのこと、好きだろ」

「そうかもしれないけど、ぼくは松岡以外を抱きしめたくない」

こいつは、鈍くはない。彼女が自分に好意を抱いているのは、とっくのとうに、知っていたってことなのだろう。

「おまえ、自分で言うように、いいやつだから、だれとつきあったってうまくいくだろ」

「でも、ぼくがつきあいたいのは、松岡だけだから」

久遠寺は、付け足した。

「ぼくが最高にいいやつなのは、松岡限定だから。あとは、ほどほどだよ」

彼の顔をまじまじと見てしまう。

「ほんとにそうなのか?」

「そうだよ。それに、松岡が考えているより計算高い」

そんなことを言われると、好奇心が疼《うず》くのが止められなくなる。

「へえ、どんなところが? 言ってみろよ」

「……」

とはいえ、そんなたいしたことではないだろうと、高をくくっていたのも事実であった。

久遠寺は黙ってしまった。

「言えないのかよ。久遠寺」

そう言って松岡は、先ほどまでのハグの照れ隠しもあって、彼の胸を肩先でつついた。

「やめてよ」

「言えないのか。おい」

「もう、松岡が言えって言ったんだからね」

そう言って、彼は、目を閉じた。ああ、この男は、まつげが長いんだな。このぐらい天然でまつげがあったら、つけまつげをする人は誰もいなくなるだろう。そう思いつつ、見つめていると、彼の目が見開かれた。

そのとき、ぞわっとした。なんとはなしに、今までは、彼の表層、平井曰《いわ》く、氷山の、上に出ている部分を見ているだけだったのが、急にその深淵《しんえん》を覗き込んでしまった気がした。

「あのね、高校二年のとき、素直に引いたのは、ぼくが、へこんだからだけじゃないんだよ。そのほうが、松岡の印象に残るとも思ったから」

「はいー？」

「あのまま、無理に押していっても、松岡は反発するだけでしょ。それよりも、言う通りにしたほうが、きっと松岡の心に残り続けるだろうなって思ったんだよ」

「……」

突然の告白に、松岡はもう、言葉が出てこない。

「松岡は、優しいから。ここで引いたら、ぼくのことを考えて、ほかの人とつきあったりしないだろうなあって予測したんだよ。ひどいでしょ？」

「ひどいとか、そういうのより……」

松岡は吠えた。

「おまえの告白から、俺の返事、それから、離れるのを決めて転校するまで、あっという間過ぎるだろうが。どれだけ、決断力があるんだよ。むしろ、それに、感心するわ」

ふふっと、久遠寺は笑った。

「あきれた？　松岡は、ぼくのことをすごくいい人だと思っているみたいだけど、残念ながら、独占欲の塊なんだよ」

どすーんと、隕石が、自分に落ちてきたような気がした。

重い。

久遠寺の愛情は、比較的重いとは、常々感じていたけれど、こんなに激重《げきおも》だったとは。予想以上だ。

だが、ここまでしてしまう彼のことを、松岡は振り切れない。それは、優しいというのは、違う気もするのだが、きっと久遠寺だったらそう言うのだろう。

スープをよそる指先が少しだけ震えてしまった。

今までは、いつかは久遠寺は自分をあきらめてくれるだろうと、たかをくっていたところがある。けれど、再会してからこっち、久遠寺の思いは自分の及びもつかない質量をもって、こちらを圧倒してくる。

死に物狂いで逃げても、この男の手のひらのうちで、身悶《みもだ》えしているだけであるような気がしてくる。

どうしよう。

どうしたら、いいんだ。

「ほらよ。おまえのぶんはあらかじめよそって、さましてあるから」

松岡は、彼が火傷《やけど》しないように木の匙《さじ》を添えてやった。

「松岡が作ってくれて、冷ましてくれたコーンスープ、おいしいねえ」

「作って冷ましてって、とんだマッチポンプだよな。いっそ、コーン缶食えばいいんじゃねえか？」

「松岡が作ってくれるからおいしいんだよ。ヨナーシュもスープを作るのがうまかった。そういうのって、引き継がれるんだね。お茶の配合も上手だったんだよ。七色のお茶はリーリヤのお気に入りだったな。飲むたびに色が変わり、味も変化するんだ」

松岡は茶化す。

「七つの味って、七味唐辛子か」

「……そのお茶のためにあんなことになったんだけど」

久遠寺は、悲しそうだった。それから、顔をしかめた。

「どうした？　久遠寺」

「なんでもない」

なんでもないわけがあるか。彼は、頭を抱えている。

「どこかが痛むのか」

「少し、頭が」

「病院に行くか？」

彼はかぶりを振った。

「さんざん、検査はしたんだよ。ボルチモアでも、こっちでも。松岡と違って肉体は驚くほど健康なんだ。ただ、フラムが……」

また、オルレリアか。そこからおまえの心は離れないのか。

「いいから、もう、寝ちまえ」

松岡は、久遠寺の寝室で彼のベッドのかたわらに立っている。

照明を落としてやったが、久遠寺はまだ眠れずに、額《ひたい》を押さえていた。

オルレリアなんてない。

平井はそう言ったし、自分もそうであるべきだと思う。

けれど、久遠寺は納得しない。

松岡一生《いっせい》には、どうしようもないのか。

解決できるのは、ヨナーシュだけなのか。

「あのな、久遠寺。もし、俺がその魔法使いだったとしたら……――」

「松岡、思い出したの？」

嬉しそうに、パジャマ姿の久遠寺が身体を起こす。

「ちげえよ。まあ、聞け」

松岡は彼をまた寝かせる。

「あのな。もしも、もしもの話だぞ。俺は、そんなのないと思っているからな。その、前世とやらがあったとしてだ。愛し合っているっていうのは、おまえの勘違いってことはないのか」

久遠寺は、頭が痛いことも忘れたようだった。ぽかんと口をあけてこちらを見ている。

「久遠寺は勝手にそう解釈しているけど、それはおまえから見てであって、相手は違うかもしれないだろ」

「え、ごめんね、松岡。松岡がなにを言っているのか、ぼくにはわからないんだけど」

松岡は必死に説明する。

「つまりー、おまえとヨナーシュが深く愛し合っていたっていうのは、あくまでおまえの主観に過ぎないんだろ？　ヨナーシュがおまえの近くにいて助けてくれたのは、ヨナーシュに利があったんじゃないのか。金か、権力か、知識欲か。そのへんはわからないけれども」

久遠寺は、うめくように言った。

「そういえば、ヨナーシュは……――竜のことを調べていた」

「竜？」

「そう。竜は太古の生き物で、通常の魔力では太刀打《たちう》ちできない。浮遊大陸《ふゆうたいりく》を作るほどの魔法使い、スヴェトラでさえ、竜には手出しできなかった」

「その目的があったから、おまえの側《そば》にいたんであって、愛情じゃなかったのかもしれないぞ」

久遠寺が、衝撃を受けている。目を閉じ、開いて、彼は言った。

「それでも、いい。ヨナーシュがもしぼくのことを愛していなくても、ぼくはヨナーシュを好きだから」

うまくしたら忘れてくれると思って言ったのに。よけいに思いを強くしてしまったようだ。

「あのな。俺は、そういう考え方もできるって話をしただけだ。気落ちするなよ」

最悪だ。

どうしてこうなる。自分はいつも、彼を不幸にする。いつもいつもだ。

松岡は想像上のヨナーシュの感情という武器で、久遠寺をうちのめしてしまった。

彼の目はぼんやりと見開かれていた。その目が片方、金色に光った気がした。目をこする。

光の加減だったようだ。もとの久遠寺の、いつもの目の色だった。

「なあ、久遠寺」

松岡は必死に最後の説得をする。

「俺は、ほんの少しだけ、おまえのことを家族みたいに思い始めているんだ。俺のほうが先に生まれたから、お兄さんだな。頼む。お兄さんの言うことを聞いてくれ。俺のことは、あきらめろ。それで、その元王子ってことも忘れろよ。おまえは……――」

松岡としては、それは、精一杯の言葉だった。

「今だって、王子様じゃないか。前世なんて、忘れてしまえよ」

「いやだよ」

久遠寺は、肝心のところでは決して譲ったりしない。

「ぼくは、松岡の言うことだったらなんでも聞いてあげたい。でも、それはだめなんだ。これは、ぼくのとっても大切なものだから」

「おまえ自身の命よりもか」

久遠寺は笑った。

それは、いつものようなきらきらひらひらの特殊効果のない、はかなげな微笑だった。

「そうだよ。ぼくの命よりも、この思いは大切なんだ」

久遠寺は手を差し出してくる。

「ねえ、松岡。ぎゅうっとして。そうすると、ちょっとだけ、元気になれるんだよ」

松岡は、眼鏡を外した。彼を抱きしめてやる。久遠寺の体温が、こんなに愛《いと》しく感じられたことはなかった。

ヨナーシュがアスランのことを愛していなかったのじゃないかと言ったあの夜から、久遠寺はたびたび寝込むようになった。

それは、一週間に一度になり、三日に一度になり、とうとうベッドから起き上がれなくなるまで、そんなに時間はかからなかった。

季節は春を迎えているというのに、この天空に近いマンション室内の雰囲気は、どんよりしていた。

松岡は、大先生に頼んで、仕事は極力、家でやるようにしていた。

久遠寺のベッドルームに自分の机を運び込んで仕事をしながら、彼を見る。たまりかねて提案する。

「おまえの家族に連絡して、来てもらったほうがいいんじゃないのか?」

だが、久遠寺はきっぱりと断ってきた。

「だめだよ。松岡と二人がいい。もう、だれにも邪魔されたくないんだ」

「そんなこと言ったって、おまえ」

「大丈夫。クリニックは立ち上げて、自分の知識のすべてを詰めたマニュアルを作ったし、あとは意志を継いでくれる医師たちに、任せられる」

「おまえ、なに言ってんだよ。おまえを慕って世界中からセレブがやってくる、大人気の医者なんだろう」

「うん、そうだよ。でも、ぼくにとっては、松岡がナンバーワンで、ほかは全部おなじだから。どんなセレブだって、ほかの全人類と同程度にしか思えないんだよ」

重い。久遠寺の愛が重い。

「おまえ、病気を予防するとか言っておいて、自分がそんなざまじゃあ、しかたないぞ」

「そうだね。せっかく、松岡が近くにいてくれるのに、残念だな。もっと、いろんなことをしてあげたかったのにね。ぼくの全部を松岡にあげたかったのに」

久遠寺は、とんでもないことを言い出した。

「ねえ、松岡。このマンションいらない？　車は？　ぼくの保険の受取人にならない？」

「どれもいらねえよ。なんだ、そのチョイス。おまえからの施しなんているか。とっとと元気になれよ」

「そうだね。そうしたいね」

そうならないことがわかっているかのように、久遠寺は、微笑《ほほえ》んだ。

彼の口に入るのは、松岡が作ったスープのみ。

それをフーフーと冷ましてやると、おいしそうに飲み込む。でも、それだけで、あとはなにも喉を通らなかった。

久遠寺は瘦《や》せていった。久遠寺クリニックからやってきた、あの美人の医師が、栄養点滴をしてくれた。

帰り際に彼女は、「なんで……なんで、久遠寺先生が……」と泣き崩れていた。

そうだな。俺だって、そう思う。どうして、久遠寺がこんな目に遭わなくちゃ、ならないんだ。

「松岡のせいじゃないから、気にしないでよ。それに、こんなの、あのときに比べたら、なんともないよ」

「あのときって？」

だが、久遠寺はなにも言わなかった。

少し微笑んで、松岡を見つめただけだった。

目を閉じれば、心が、戻っていく。

あの場所に。オルレリアに。

オルレリア暦四四三年。黒い獅子の年。二月。

「小さきリーリャ」が、婚姻のためにオルレリアに来て五年、彼女は十二歳になった。そろそろ本格的に私アスランとの結婚式の話が出始めた頃。

大事件が起こった。

リーリャがお気に入りの七色茶を飲んだ直後に、自室で倒れたのだ。

不幸だったのは、この国で一番、薬に詳しいヨナーシュが私と王の庭にいたこと。いつものように二人して歩いて、話をして、そこから出てきたときには、リーリャは虫の息だった。

それでも、回復させる手立てはあるから、診させてくれとヨナーシュは必死に頼み込んだ。だが、騎士団長となっていた兄ラオネルの、「そもそも、おまえの茶で姫は倒れたのだ。毒殺の可能性があるのに、当人に診させるわけにはいかない。もし、姫に万が一のことがあったら、ヨナーシュの命であがなってもらう」という主張で退けられてしまった。

リーリャは、三日の間、ただ息をしているだけだった。なにも食べず、なにも言わず、荒い息だけが彼女の部屋を満たしていた。

そして、呼吸が止まるようになり、息をするより止まっているほうが長くなり、やがて、すっかりと止まってしまった。

「リーリャ姫様、崩《ほう》じられました」

医師が、彼女の死を宣言した。


そのときから、すべてが変わってしまった。


一度は城の牢《ろう》に入れられたヨナーシュだったが、証拠がなかったし、毒見もされていたことだし、また、スヴェトラからの熱心な要請もあり、やがて薬草園の管理小屋に戻された。

国中が喪に服し、タランの国王からの怒りを伝える使者が、何度も我が国を訪れて、我が国からは謝罪の使者が先方を訪れた。

私がヨナーシュを王の庭に誘ったのは、リーリャの死から二週間ほどあとのことだった。

「いいのか。こんなことをしている場合か」

ヨナーシュは王の庭にいるというのに、もう出たそうだった。

「でも、ここでしか、くだけておまえと話はできないしね。もしかして、これが最後になるかもしれないいし」

ヨナーシュが真剣な目でこちらを見た。

「それでは、タランと戦争になるというのは、ほんとうなんだな」

「そうだね。そうなるね。そうしないために、がんばってきたんだけどなあ。うまくいかないものだね」

出るのは、ため息ばかりだ。

タランの人たちはリーリャのことが大好きだった。オルレリアに嫁ぐときには、地に伏せて姫の馬車を止めた者たちがあとを絶たなかったほどだ。その、国民みんなが愛していた「小さきリーリャ」を亡き者にしたオルレリア。タランは小国で、オルレリアには勝てない。それでも、国王と民の感情がどうにもやりきれない。

「戦《いくさ》にはこちらが勝つと思う。国の大きさが違う。できれば、穏便に済ませたかったけど、国王陛下や国民感情をどうおさめればいいのか、わからない。ラオネルはタランを取れとうるさいし。そんなに戦争が好きなのかな。私は嫌いだけれど、王として、参戦しないわけにはいかないからね」

「おまえが行くのか。国王自ら？」

ヨナーシュが驚くのも無理はない。王は城で指示を出すものであって、戦うのは兵士の領分だ。

「うん。そういうことになりそうだよ」

ヨナーシュが言い出した。

「アスラン。私を、タランに差し出してくれ」

私は、静かに彼の声を聞いていた。

「私の調合した茶を飲んで、姫は亡くなった。私はバルボラ人だ。すべて私が仕組んだことにして、私を憎ませればいい。今回、おまえが戦いの現場に行かされるのは、そういうことだろう？　私をかばったために、長老たちの心証を悪くした」

たしかに、そういう意見もあった。すべての感情を抜きにしたときに、それが一番、被害少なくことをおさめる方法だ。だが。

「それだけは、できないなあ」

どうしても、それだけは選択できなかった。

ヨナーシュをタランに引き渡せば、彼にどんな拷問が加えられるかわからない。最終的には死刑だろうが、楽に死なせてはもらえないだろう。

「私は、おまえを愛しているからね。世界中が滅んだとしても、おまえを差し出すことはできない」

「お願いだ、アスラン」

ヨナーシュは膝を突いた。私のブーツを抱きかかえるようにして、彼は懇願した。

「最初はリーリヤで、次はおまえ。私は、私の愛する者たちをこんなふうに失うことに耐えられない。もう、いやなんだ……。頼む……」

その願いを、私は聞き届けることはできなかった。

リーリャの死から三ヶ月の後、戦は始まり、そして、オルレリアはタランに圧勝した。半日で、国王は和平交渉の使者を送ってきた。

王の庭に行きたかった。あそこでゆっくりとヨナーシュと語らいたかった。だが、それはできそうもない。私は、ベッドに横たわったまま、ヨナーシュを呼ぶように言った。

やってきたヨナーシュは、私を一目見るなり、声をあげた。

「どうした？　王の顔を忘れたか？」

「陛下……。目が……」

そう。タランとの戦いで、私は片目を負傷し黒い眼帯をしていた。完全に失明し、元には戻らない。

「あの、陛下の、金色の目が……」

ヨナーシュは、ぶるぶると震えていた。私は人払いをする。

「大丈夫だよ。もう片方の目で、おまえのことは見えるから」

そう言いながら、身を起こして彼を差しまねいた。

「会いたかったよ」

そう言って、私は彼の両方の頬にキスしたあと、唇を合わせせた。ここはもう、霊廟《れいびょう》ではなく、婚約者もいない。だからか、彼は、受け入れてくれた。初めてキスをしたというのに。

ずっと、焦がれてきたのに。やけに悲しいキスだった。

「アスラン。みながおまえを讃《たた》えている。英雄だって」

「いやだよ、英雄なんて。なりたくなかったよ。英雄が現れるってことは、大きな悲劇があるってことじゃない。なにもないのが一番だよ。そのために、がんばったんだけどな」

「戦いには、勝ったじゃないか」

「次は無理だよ」

オルレリアとタランの戦いは、序章に過ぎない。あやういバランスの上に平和は保たれていた。二国が敵対したと知ったとたんに、大国ゴルドが穀物の宝庫であるオルレリアをわがものとせんと跋扈《ばっこ》し始めたのだ。

今までゴルドは、オルレリアに手出しをしてこなかった。それは、オルレリアの戦力を恐れてのことであり、先のバルボラ戦役では、竜が眠りについたあとには、スヴェトラ率いる魔法使いたちに撤退させられた苦い記憶があったからでもある。

だが、守護神とまで言われたスヴェトラはオルレリアを去っている。さらに、ゴルドが強気に出る理由があった。

竜が目覚めたのだ。

竜は一度、戦わせると長い眠りにつく。このまえ戦ったのはバルボラ戦役で、十三年のときを経て目覚めたのだ。

通常は、峡谷が難所となって、橋を上げればオルレリアは要塞となる。ゴルドの兵士も容易には入って来られない。大地が肥沃《ひよく》なので、飢える心配は皆無だ。

だが、竜は軽々と峡谷を越えてくる。

竜騎兵団は橋をまっさきに落とすだろう。竜騎兵団の前では、橋を落とされたオルレリアは、要塞ではなく処刑場だ。竜の火炎が上からひたすらに降ってくる。逃げ場はない。私たちはあぶり殺されるのだ。

「ヨナーシュ」

私は、彼に一枚の紙を渡した。

「なんですか、これは」

「魔法学校への推薦状だ。こんなものなどなくても、スヴェトラは喜んで迎え入れてくれるだろうが。今ならまだ間に合う。橋は封鎖されているが、浮遊大陸のほうから雲に紛れて来てくれる。上空浮遊の魔方陣を王立図書館の裏手に張ってある。今夜にでもたってくれ」

ヨナーシュが私を見た。私が愛した紫の瞳で。

かつて頭布《ずきん》をかけたときに頬を赤らめた彼。いつだって近くにいたのに、今日ばかりはひどく遠く感じた。

「アスラン陛下」

彼に陛下と呼ばれるのは、おかしな感じだ。

「陛下は、私などいなくてもよいのですね」

「いいわけがない。だが、私はおまえを失えない。オルレリアが滅んでも、だ」

じっと彼はこちらを見ていた。

彼が行かないと言い出すのではないかとおそれた。あなたのそばにいますと、だだをこねるのではないかと。しかし、それは杞憂《きゆう》だった。彼は、一礼すると「拝命します」とだけ言って、その場を去った。

ベッドの上で、私は息を吐いた。

「よかった」

ヨナーシュも、命は惜しいのだろう。そう思おうとした。

けれど、違和感がずっと私を支配していた。

私のヨナーシュ、愛するヨナーシュは、弱い者の痛みを知り、優しく、根気強い男だった。

それが、こうもあっさり一人逃げることを選ぶものだろうか……。

夕方、来客があった。スヴェトラだった。やはり、これから馬に乗って狩りに行くような姿をしていた。私は彼女にベッドに横たわったまま、挨拶することになった。

「このようななりで、申し訳ありません」

大方、ヨナーシュを連れに来たのだろうと思いつつ、今生の別れを述べようとするのだが、スヴェトラは私を遮った。

「アスラン。ヨナーシュはどこだ」

「どこと言われても……管理小屋なのでは」

「竜が、来るそうだな」

スヴェトラは唐突に言った。

「はい、来ます」

「知っていると思うが、ヨナーシュの育った村は、竜に焼かれた。あの子は、両親によって時間を遅くした保存庫に放り込まれて守られ、奇跡的にただ一人だけ助かったのだ。ヨナーシュは、竜を倒す方法をずっと考えていた」

「竜は、無敵です。あらゆる武器も、魔法も効かない」

バルボラ戦役では、スヴェトラでさえも竜がいる間は手を出せなかった。

「竜は古代の生き物だからな。だが、この地には力がある。古代の魔力があるんだ」

頭の後ろを殴られたような気がした。

「王の庭……！」

「そうだ。王の庭は、いわばこの台地そのもののフラムと繋がっているのだ。盟約により王の血で道が塞がれている。なまはんかなことでは、破れない。だが、おそらく、ヨナーシュはその方法を見つけたんだと思う。古代の魔力で自分のフラムを満たして、竜にぶつけるつもりだ。古代の魔力は竜をも打ち倒す力。ヨナーシュが耐えられるのは、ほんのつかの間だろう」

これか。

さきほどの違和感の正体は。

「誰か！」

私は、呼ばわった。あの庭に入ることができるのは、私だけ。彼を止めることができるのは、私だけだ。

寝ている場合ではない。

王の庭。

金色の薔薇、塚の前に彼は立っていた。バルボラふうの服が風になびいている。

「もしかして、いらっしゃるのではないかと思っていました。竜が、ゴルドを飛び立ったようです。さきほど、魔力を感知しました」

「おまえ、やめてくれ」

「それは聞けません。我が君」

彼は、私の足下にひざまずいた。

「私は、約束を違《たが》えます。近い場所に転生すると申しましたが、私はこのフラムの限界まで遠くに行きます。あなたが、届かないような、できれば、竜も魔法も身分もないような世界に。二度と、アスラン様にはお目にかかりません。そこで、あなたのことを忘れて生きます。どうか、お健やかに。この国をお守り下さい」

彼は、塚に手をかけた。

「あなたに、祝福を。アスラン王に幸あれ。お別れです」

その声とともに、私は、王の庭からはじかれた。ヨナーシュが結界を張ったのだ。

その日、王の庭から、まばゆい金の光が放たれたという。その光の矢は、あやまたず、まさしく峡谷に差し掛かった竜騎兵団に襲いかかった。ゴルドの十二匹の竜たちは、一瞬にして消し飛んだ。

ヨナーシュは、遠くに行ってしまった。

生まれ変わっても会えないほどの遠くへ。

久遠寺は、うっすらと目をあける。悲しみに溺《おぼ》れそうになっている。

──その、前世とやらがあったとしてだ。愛し合っているっていうのは、おまえの勘違いってことはないのか。

松岡……──自分がヨナーシュの生まれ変わりと確信している相手に、面と向かってそう言われたのがこたえていた。

そうなのか？

下心で自分を愛しているふりをしたのか？　だから、あんなに簡単に二度と会えない遠くに行ってしまえたのか？

おまえが私を愛していなかったとしても、あのまなざしは、忘れがたい。

「私の、ヨナーシュ……」

久遠寺がほとんど起きられなくなった、ある日の午後。

「ちーっす」

やってきたのは、平井だった。見舞いと称して高そうなメロンを持ってきてくれたのだが、久遠寺はかすかに目をあけただけで、会話は不可能だった。

「せっかく来てくれたのに悪いな。平井」

「いいが……。こんなことになっているとはな。入院したほうがいいんじゃないか」

「そう言ってる」

だが、久遠寺の希望はここにいることだ。自分とともに。最後まで。

最後？

「オルレリアなんて、ないんだよな。平井」

「あったらびっくりだよ。ない」

「だよな。じゃあ、どうして、久遠寺はこんなに弱ってしまったんだ。原因がどうしてもわからない」

「まあ、もしかして、今の医療では解明できない器官ってのはあるかもだよな。それは、否定しない」

「フラムか」

「なんだ、それ」

「なんでもない」

「帰国してすぐにこんなに弱るなんて、あいつは、死ぬために日本に帰ってきたみたいだな」

松岡は、鈍器で頭を殴られたような気がした。足がガクガクいっている。立っていることが難しくなり、玄関先に座り込んだ。

「そんな、ばかな」

「変なことを言って、悪かったよ」

「俺は、なんにもしてやれないのかよ」

「愛してやれば、いいじゃないか。あいつが一番求めているのはそれだろう」

「むりだよ」

「今だけでも、嘘でもいいから」

「そんなの、できない」

「だったら、気に病むな。世の中にはしかたないことがたくさんある」

彼の沈着さが頼もしかったが、同時に恨めしくもあった。こんなにあせっていて、なんとかしなくてはと思っているのは、自分一人みたいじゃないか。この世に、自分の味方が一切いないような、そんな、喪失感が松岡を苛《さいな》んでいる。

――深刻な病気になったら、その人だけじゃない。かかわるすべての人が、否応なく、巻き込まれることになる。

そう言ったのは、久遠寺自身だ。

「なんで、俺なんだよ……」

声は、絞り出すようだった。

「ほんとだよなあ。なんで、おまえなんだろうなあ。恋ってのは、やっかいなもんだなあ。セックスして、優秀な子供が欲しいってだけなら、単純明快なのになあ。頭がよくて、見た目がよくて、家柄がいい相手を上から単純に選んでいけばいいだけだからなあ。でも、あいつは、そうじゃなくて、おまえがいいんだな。おまえじゃなくちゃ、ならないんだ」

「得することなんて、何一つないのに」

「損得じゃなくて、理屈に合わないから、難しいんだ」

「あいつだけは……だめなんだよ……」

「おまえ、あいつのこと、ほんとは好きなんだろ？」

「そういうんじゃねえよ」

平井は帰って行った。残された松岡はただ煩悶《はんもん》する。

どうしろって言うんだよ。どうすればいいんだよ。

もう一度、キラキラ輝く久遠寺が見たい。

「熱いから、松岡がフーフーしてよ」と面倒なことを言ってきてもいい。

オルレリアのことだって、いくらでも聞く。おまえが聞いて欲しいなら。それでおまえの気が済むなら。

松岡は、神棚に祀ってあるスヴェトラことウサギのぬいぐるみに話しかけた。

「おい、ウサ公。おまえのせいだぞ。おまえが、久遠寺に話しかけたりしたからだ。久遠寺をどうにかしろ」

ぬいぐるみをつつく。

「なにか、あいつを救う方法があるなら、教えてくれよ」

三歩ほど離れると、神棚に柏手《かしわで》を打って、頼み込む。

「お願いだから、助けてやってくれ」

松岡は、その場で目を閉じていたが、顔を上げた。

「後生だから、助けてください。スヴェトラ様」

夜が明けかけていた。

ベッドルームにはカーテンを引いているので暗い。久遠寺は眠っている。松岡は、ベッドサイドの椅子に座り、ただ彼を見ていた。

久遠寺が気がついた。

「松岡……？」

彼は、手を伸ばしてきた。

「ねえ、松岡だよね。匂いがしているもの」

「おまえと同じボディソープだぞ」

「わかるよ。ねえ、そこにいるの……？」

そう言って、こちらに顔を向けた。

「ああ、そこにいたのか」

松岡ははっとした。

「おまえ、もしかして、片方の目が見えないのか？」

「うん、見づらい。こっちは、前世で傷ついたほうだからかな。そのせいかも」

そんなばかな。魂は、現世の肉体にも影響するのか？　そんなことがあるのか？　時間はないかもしれない。今しかない。

松岡は、自分の黒縁の眼鏡を外した。

「松岡……？」

片膝を、彼のベッドにのせる。

「どうしたの？　なにしてるの？」

もう片方の足も、引き上げる。先にのせた足を伸ばして、腰を上げ、久遠寺をまたいだ。

そうして、言った。

「しよう」

「なにを……？」

松岡は、きっぱりと言った。

「セックス」

「……」

久遠寺はあっけにとられて声も出ない。

「いやか？　こんなチャンス、めったにないぞ」

「どうしたんだよ、突然。馬鹿なこと、言わないでよ」

「平井が言ったんだ。愛してやれって。俺はこれ以上、どうしたらいいのか、わからない。

この状況を打開する方法が、思いつかないんだよ」

松岡は、アッパーシーツを剥《は》いで、彼のパジャマの下に手を差し入れた。

「ここは元気じゃないか」

「ちょっと、やめてよ。松岡。ヨナーシュはそんなことしないよ」

「俺は、ヨナーシュじゃないからな」

あまり体重をかけないように注意しながら、彼の顔に自分の顔を近づける。

見えづらいと言ったほうの目は、金色に見えた。その目を、撫《な》でる。そちら側の頬に、キスをする。もう片方の頬にも。それから、唇に。

「待って、松岡」

「うるさい。言うことを聞け」

「ねえ、松岡。一つだけ、聞きたいんだ」

彼の声にこもった、あまりにも真剣な響きに、パジャマを剝いでいた手が止まった。

久遠寺は言った。片方は黒、片方は金色の瞳で。

「オルレリアの記憶があるんだよね。いったい、いつ思い出したの？」

しん、と、その言葉は松岡の中に落ちた。

久遠寺は、自分を見上げている。

「……いつ？」

「ぼくが確信したのは、今だよ。このキスは、ぼくが与えたキスのお返しだね」

久遠寺は続けた。

「おかしいとは思っていたんだ。ぼくは、人の好意には敏感なんだ。松岡はぼくのことを、すごく好きなんじゃないのかなって感じていた。理屈じゃない。そう感じるんだ」

そうだ。おまえが俺に何か言うと、俺の身体が反応するんだ。首筋が、背中が、耳の先が、おまえに呼応する。

愛しているんだ。

おまえのことが、俺にはきらめいて見える。なにか言うたびに心が震える。押さえつけることができない。

今度こそおまえを振り切りたいのに、そうできない。

「だけど、困る事情があるんじゃないかなって思って、遠くに行ったんだ。それが、オルレリアでの出来事のせいなら……――」

「オルレリアなんて、ないんだよ」

松岡が、久遠寺の裸の肩にふれる。

「前世なんて、あり得ない。オルレリアなんて、あるわけがない」

こんなにもありありと思い出せるが、ふれることができない場所。夢と同じだ。

「俺は、生まれたときから記憶を持っていたよ。こんなもの、持っているのは、俺だけでよかったのに」

自分のせいで、小さきリーリャは死んだ。アスランに剣をふるわせた。オルレリアを戦いに巻き込んだ。王の庭に封印されていた古代の魔力を解放してしまった。あそこは今でも人が立ち入ることができないだろう。

「そんな重いものを持ち続けていたんだね。つらかっただろう」

おまえが俺に向かって、歩いてきたとき、足が震えた。嬉しくて。同時に腹を立てた。ここまで逃げたのにと。

おまえは、まぶしくて、まっすぐだ。

「久遠寺。おまえは、変わらないな」

お気楽なようでいて、苦労性。

国民のことを考えて、弱腰と言われても懐柔策をとった王子。

「こうするしか、ないんだ。少し、こらえていてくれ。目を閉じたら、ヨナーシュだと思えるかもしれないぞ」

そう言ったのに、久遠寺は言い切った。

「やだよ。無事なほうの目をしっかりあけて、松岡のことを見てるよ」

自分のシャツのボタンを外した。スラックスを下着ごと脱いだ。彼のペニスを、両手で握り込み、ゆっくりとこすり立ててやる。またがり、銜《くわ》え込んでいく。

「は、はあ……ん……」

松岡のその部分は、彼のペニスを食いちぎらんばかりにしめつけた。一つの感覚を、共有している。久遠寺の快感がペニスを通じて自分の中につたわり、自分の熱が肌から、髪から、呼吸から発して、彼につたわっている。

自分は、ヨナーシュなのか？　それとも、松岡一生なのか？

魂がとけあうときには、そんなことは意味がない。ヨナーシュであり、松岡でもある。

「明日には、忘れるから。今だけ、俺を、見てくれ」

「ぼくは松岡のことを、忘れないよ」

松岡は笑う。快楽の大波が、すぐそこに来ていた。

「それは、むりだ」


心臓の音がしている。

彼の魂に、松岡はふれた。


——スヴェトラが言ったんだ。互いが絶頂に達する瞬間だけは、魂ごと混じり合う。魔力が通じる。だから、これをもらうよ。こんなもの、持っているのは、俺だけでいいんだ。おまえが、覚えている必要なんてない。俺が、おまえから、消してやる。

抵抗があった。

——だめだよ。ヨナーシュの言うことでも聞けない。だいじなものなんだから。

——これを持っていたら、生きることができないんだよ。だから、俺に、くれ。俺が、おまえのぶんまで、背負うから。

松岡は目が覚めた。

身体が鈍く痛んでいる。それ以上に、妙なほどの爽快感があった。濁った体液をすべて放出して、新しい血を入れたような、そんな気持ちだ。

久遠寺は、深く眠っている。

「ああ、大丈夫そう……」

クマはあるが、松岡が怯《おび》えたあの陰鬱《いんうつ》な気配は消えている。

眠れよ。

目が覚めたときには、忘れているから。

だが俺は、自分の罪も、愛《いと》しいおまえのことも、ずっと覚えていたい。おまえが、俺を忘れても。新しいまっさらな生を謳歌《おうか》しても。忘れない。

ひどく心が痛む。

俺は、その痛みを、味わいたい。

おまえと俺は似ているんだな。久遠寺。

たとえ、この身が滅んでも、この想いは、永遠にある。

もう一度、彼のこめかみにキスをした。

メインルームには、日がさしていた。まだ昼中なのが、嘘のようだ。シャワーを浴びて、服を着る。

ここを出て行くつもりだった。

「師匠。ご同行願います」

そう言って、松岡は、スヴェトラを大きめのバッグに詰め込んだ。

それから一時間ののち。

松岡は自分の部屋で、こたつの上のウサギのぬいぐるみに説教されていた。

『おまえというやつは……！』

今までは意識して聞かないようにしていたのだが、今は同調しているのでウサギの背後にスヴェトラが見える。師匠は別れたときの姿のままだった。

スヴェトラぬいぐるみの前で、松岡は正座している。

『聞こえないふりをしていたのだな。私が、あんなに、必死に、声を張り上げていたというのに』

「ごめんなさい、師匠。はい、聞こえてました。でも、俺が聞こえているって言ったら、ヨナーシュだってわかっちゃうじゃないですか」

『それの、なにが悪い？』

「久遠寺に知られたら、ややこしくなります」

『そのまま、くっついてしまえばいいではないか。おまえは、アスランを慕っていたのだから。ふん、私の要請を蹴《け》るぐらいにな』

もしかして、学校を継いで欲しいというのを断ったのを、根に持っているのだろうか。

「でも、やっぱり、俺にはできないです。リーリャがあんなことになったとき、俺がすぐに治療に当たることができたら、死ぬことはなかったかもしれない」

『過去は変えられん。このスヴェトラをもってしてもな。だが、過去は過去として、そろそろ前を向いてもいいのではないか。アスランを送り出して三十年余。どうなっているかと見に来てみれば、なんの進展もないとは』

「私は、リーリャを見捨て、王の庭を穢《けが》した男です」

師匠はまだ何か言っているようだが、同調を切った。どっと、疲れが出てきた。

ああ、終わったんだなあ。

高校一年の春、こちらに向かってくる久遠寺を見たときから始まった煩悶が、ようやく終わった。

久遠寺は久遠寺としてだけ、生きていく。

オルレリアなんて、ない。夢でも見たように、次第に忘れて行くに違いない。

それなのに、なんでだろう。自分が、抜け殻になったような、そんな気がするんだ。メッセージの着信音がした。久遠寺かと思ったのだが、妹だった。何回か、入っている。気がつかなかった。いつもだったら、五分もしないうちに返すのに、既読がつかないので彼女は何度もよこしている。

『新婚旅行のお土産を渡しに行きたいんだけど』『もしかして、おにい、倒れてる？』『とりあえず、行くね』のメッセージに『へいき』とだけ、返信した。


こたつでしばしうたた寝していたらしい。

チャイムが鳴っているのに気がついて、飛び起きた。

「美里……来てくれたのか」

妹かと思ってあけると、そこにいたのは、久遠寺だった。松岡が脱がせたパジャマをまた着ている。このかっこうで、どうやってここまで来たのか。タクシーだとしたら、運転手に怪訝《けげん》な顔をされたに違いない。

顔はまだやつれていたが、その顔は、生気を取り戻していた。

「松岡。おまえ、ひどいよ。ぼくが寝ているうちに出て行っちゃうなんて、やり捨て同然じゃないか」

隣の住人が、ドアの隙間からこちらを見ている。

セフレの痴話《ちわ》げんかとでも思われそうで、久遠寺を急いで部屋に入れた。こたつが見える廊下で、松岡は言った。

彼の記憶はどうなっているだろう。久しぶりに魔法を使ったのであまり自信はないが、あれで合っていたはずだ。うまく辻褄《つじつま》を合わせないと。

「悪かったな。でも、ほら、やってみたら、そんなにいいもんでもなかったからな。おまえとは、ここまでってことで」

これで、納得してくれたらいいと思ったのに、久遠寺は受け入れなかった。彼は言った。

「嘘つき。魂がとけるくらい、よかったくせに」

「は？」

「それで、ヨナーシュだったくせに」

おかしい。記憶がまったく途切れていない。

「久遠寺。おまえ、まだ、覚えているのか？」

「覚えてるよ！　ばっちり」

「……」

松岡は、スヴェトラを見た。ぬいぐるみの上にスヴェトラの姿が浮かんでいる。彼女はあちらに視線をさまよわせている。口元が尖《とが》っている。口笛をふきそうだ。

「スヴェトラ師匠！　嘘をついたんですね！」

そうなじったのだが、久遠寺が松岡の両肩をつかんで、自分のほうに向かせた。

「嘘つきは、松岡のほうじゃないか！　松岡が嘘が下手だって言ったの、撤回するよ。あんなに松岡が芝居が上手だなんて思わなかったよ」

彼は、両腕を広げた。そうすると、翼を広げたように、彼が大きく見える。その両腕の中に抱きしめられた。手のひらが、確かめるみたいに背に回っている。指が、心臓を突き刺しそうに肩甲骨の間に立てられる。

「どうして？　おまえを追いかけてここまで来たのに。なんで、あんなに冷たくあしらったの？」

「どうして……だと？」

松岡は、彼の顔を両手ではさむと額に額を打ち付けた。久遠寺が痛いとおでこを押さえている。

「いつもいつも、おまえは、一人で決めて俺の分まで背負《せお》い込んで。そういうのはもう、ごめんなんだよ！　今度こそ、おまえに振り回されない人生を送る。そう決めたんだよ」

「ヨナーシュ……松岡……」

声音にアスランが混じる。俺の王子。

「振り回す？　私が、おまえを？」

「そうだよ。てめえ、前世時代、王位を継ぐときも、結婚を決めたときも、俺を腹心の友に指名したときも、全部、おまえが決めて俺に下達《かたつ》してきたんじゃないか。おまえは俺に命令してばっかりだ。たいていのことは許すよ。おまえは王子なんだから。でも、リーリャだけはだめだ。リーリャが毒を飲まされたとき、俺は、助ける自信があった。それなのにおまえは。ラオネルが俺の命をちらつかせたから、引きやがって。俺は、リーリャを助けたかった。俺には、俺だけにには、それができたんだ」

「だけど、失敗したら？　ラオネルは本気だったよ」

「その、リスクを取るのは俺だ。おまえにかぶってもらうことじゃない。俺は、あの子を助けたかった。スヴェトラが俺にしてくれたように、政事《せいじ》に利用されているあの子が、せめて楽しい日々を送れるようにしてやりたかった。それができたのにと思いながら過ごす日々は、薬の調合に失敗して首をはねられるよりもつらかったよ」

「ヨナーシュ……」

　前世からのうっぷんがたまりまくっている。こんなに、久遠寺と話したことはない気がする。

「挙げ句の果てになんだ？　最後の最後で放置かよ。どういうことだ、スヴェトラのところに行けってのは。だったら、最初から俺を引き止めるなよ。おまえは覚悟があって俺をとどめたんじゃないのかよ。なにか。一人生き残った俺に、雲の上の魔法学校という永世中立の安全圏から、ゴルド戦でのオルレリアとおまえの最後を見とどけろって言うのか。ずいぶんじゃないか」

「だったら、ぼくにも言い分があるよ」

久遠寺が言い放つ。

「いきなり古代の魔力を解放しちゃう？　自分のフラムを使っちゃう？　おまけにほかに誰も入れないように厳重に結界を張っちゃって。竜はいなくなったよ。でも、おまえをあんな形でなくした私が、どんな気持ちになるか、考えたことがある？　だいたい、もっとやりようがあったんじゃないの」

「ハア？　竜騎兵団はもうそこまで来てたんだぞ。あれ以上、いい方法があるか？」

興奮状態でクラクラしてきた。松岡は、眼鏡を外す。眉間《みけん》をさすりながら彼に言う。

「いいよ。前世のことはまだいい。アスランにも文句はあるけど、久遠寺、おまえは現世でも王子気分か」

「松岡……？　なに、怒ってるの？　そんなひどいことはしてないと思うけど。ひどいのは、むしろ松岡だよね。好きな相手からあっちに行けって言われて、傷つかないわけがないよね。好かれることには慣れているけど、嫌われるのには免疫がないんだから」

「あのな。おまえは、極端なんだよ。確かに俺は、おまえに遠くに行って欲しいと言った。おまえと今世は関わり合いたくなかったし、なによりも、近くにいたら、おまえが俺のことを思い出してフラムが満杯になる可能性があったからだ。だからって、海外とか行くか？」

「だって、松岡が言ったんじゃないか」

——だったら、二度と、俺に顔を見せないでくれ。できれば、俺の手の届かないような遠くに行ってくれ。

「そうだけど。そうだけどな。姉妹校に転校するとか、そのぐらいでいいだろうか。そしてまた、せっかく離れたのにこともあろうにスヴェトラと再会して日本に戻ってくるなんて、意味がないだろ」

「それ、ぼくのせい？　悪いのはスヴェトラだよね。あ、いや、スヴェトラは悪くない。正直になってくれなかった松岡が悪い」

「おまえは専制君主っぷりを発揮して、なんでも自分で決めるだろ。俺の提言なんて無駄だろ？　具体的にどうするのか、実行する前におまえは俺に相談してくれたことがあるか？いつだって後出しじゃんけんだよな。最初に飯を食いに行ったときも、どこにするのか、おまえ次第だったよな。同居するときだって、あれは、脅しというか命令だっただろうが。雨の日スタンプは嬉しかったが、傘がないならスタンプカードも特売の牛乳もどうでもいいから、とっとと帰れ」

「松岡。いやだった？　松岡のためにと思ってやったんだけど」

「ああ、くそ、くそくそ！」

己の髪を、搔《か》き乱した。また眼鏡をかける。そして、久遠寺を見た。

「いやじゃねえよ。嬉しかったよ。だから、困るんだろ」

こいつのことを嫌いになれたら。

捨てて新しい道を歩めたなら。

俺は、オルレリアではスヴェトラ師匠の浮遊大陸で魔法学校に通っていただろうし、現世ではこの男と同居していない。

おまえだからだ。

おまえを愛しているから、捨てられないんだ。

「もう、いいでしょう。松岡」

「だめだ。俺のせいで、リーリャは亡くなったんだ」

あの、白い顔を忘れることができない。

あんなに可愛かったのに。まだ、幼かったのに。

「そうだね。それは、罪かもしれない。そうしたらさ」

久遠寺はそう言った。

「ヨナーシュを止めたぼくも同罪でしょう？　ぼくも背負うよ。だから、そばにいてよ。ぼくは、松岡を失えない」

「久遠寺……」

「いいときだけ、そばにいるのなんて、ほんとの愛じゃないでしょう。悪いときもある。貧しいときも、病めるときも、いつだって、それを二人で背負っていこうよ」

「結婚式の誓いか」

――良いときも悪いときも、富めるときも貧しきときも、病めるときも健やかなるときも、死がふたりをわかつまで、愛し慈《いつく》しみ貞節を守ることをここに誓います。

「ぼくたちは、死でわかたれないよ。次も次もその次も、追っていくから」

重い。こいつの愛は重い。

「俺が先に死ぬの、前提か」

「もし、ぼくが先に死んだら、追ってきてね」

まさかと思ったんだ。

高校のときに、俺は、入学式からおまえを知っていた。見かけたときに、もしかしてって思っていた。

追いかけてこれるはずがない。魔力のないアスランが、来られるわけがない。

だけど、おまえがまっすぐにこちらに向かってきたとき、ああ、そうなんだと。

逃げてきたのに、なんで、追ってくるのかと。

憎くて、愛しくて、どうにかなりそうだった。

あのとき、美里がいなかったら、俺は自身をどうにかしていたんじゃないかとさえ思う。

それほどに、俺の罪と愛は重かったのだ。

それなのに、おまえは脳天気で、あいかわらず、すがすがしいほどに王子で、その求愛はまっすぐで。そう。いつだって、おまえは、一直線に俺に向かってくるんだ。

俺には、おまえがまぶしくて、たまらなかった。俺にはおまえしか見えなかったんだ。

松岡は、あきらめつつ笑う。

「どうして、おまえを選んじゃうのかな。おまえがいいと思ってしまうのかな」

久遠寺は少しだけ、指の力を緩めた。頬をすり寄せてくる。

「きっとね、そういうものなんだよ。まっさらになって、生まれ変わったとしても、ぼくは松岡の近くにいるし、松岡に出会ったら恋をする。ねえ、松岡はいつからぼくのことが好きだったの？」

「恥ずかしいこと、聞くなよ」

「聞きたい」

「最初から、かな」

「えー。殺したそうにこっちを見ていたのに？」

「惹《ひ》かれてしまうのはわかっていたから、そばに来てほしくなかったんだ。おまえは、変わらない。昔も、今も」

好きという言葉では足りない。そんなんじゃない。

愛する。

不条理に愛する。

「ぼくはきっと、何度だって、どこでだって、見つけたら、松岡にときめくよ」

そういうのって変わらないんだよ。

核みたいなもの、魂の形が、そうなっているんだよ。

そう、久遠寺は言った。

自分を忘れて、違う場所で幸せになって欲しいと、あんなに願ったのに。この磁力はなんだろう。ほんとにその魂の核というものがあるのなら、強烈な吸引力を持っているのに違いない。

久遠寺が、片頬ずつにキスをしてから、唇にキスをした。

ドアが開いた。

「おにい！」

ワンピース姿の妹が飛び込んできた。廊下でキスをしている兄と久遠寺を見て、彼女は固まっている。

「これは、違うんだ。違わないけど、そうじゃなくて」

彼女の視線が、自分を貫きそうだ。痛い。

「違う……」

久遠寺が言った。妹の視線は、自分たちではなく、こたつの上のスヴェトラぬいぐるみを見ていた。

「それは、私の、ぬいぐるみだわ」

彼女は、目を見開いている。まばたきをしないまま、歩み出す。そして、こたつの上のぬいぐるみを手にした。

「なんで、これが、ここに……？」

「これは、リーリャのものだぞ」

「シッ、松岡。静かに。美里さんが、なにか話してる」

「私の、ぬいぐるみ……」

そういえば、リーリャはいくつか、ぬいぐるみを持っていた。

「七色のお茶を飲んだときもこの子はいたわ。おかしな味がしたの。侍女の一人が青い顔をしていた」

かすれそうになる記憶を、美里は必死に追っているようだった。

「しばらくは、耳も聞こえていたの。解毒方法を知っているヨナーシュを呼ぼうって誰かが言ったの。でも、別の誰かが小国タランと一戦交えて、属国にするチャンスだって……」

それはもしかしたら、世継ぎから騎士団長になったアスランの兄、ラオネルの発言ではないだろうか。

そうやって、姫君は手当てされることなく、はかなくなったのだ。

松岡と久遠寺は、知らず、かたく手を握り合っていた。

妹は、はっと我にかえって、「ああ、なに言ってたんだろ」と、周囲を見回した。

「あれ、おにい？」

彼女は、こちらを見た。松岡はどんな顔をしたらいいのかわからず、泣き笑いの顔になった。涙が出てきたので、眼鏡を外した。

ああ、そうか。リーリャ。あなたは、こんなに近くにいたんだ。そして、俺に罪を、あがなわせてくれていたんだ。

「おにい、どうしたの？」

「美里」

「うん？」

みっともない。だが、涙が滲《にじ》むのは止まらない。

「長い旅をしてきたんだね」

リーリャのフラムからして、この世界まで来るためには、数回は転生しているはずなのだ。

美里は、きょとんとしていた。

松岡は眼鏡をかけた。

「そんなにじゃないよ。仕事があるから、新婚旅行は国内二泊三日だったから」

「うん、そうか。うん。ありがとうな。育てさせてくれて、本当に、ありがとう」

「なに言ってんの、おにい。ありがとうは、私のほうでしょ？」

久遠寺がパジャマなのを見て、妹は言った。

「二人、そういう仲だったの？」

「恋人同士です。つきあってます」

堂々と、久遠寺は言った。

「ばか、おまえ」

「だって、ほんとうでしょう？　それとも、さっき、松岡がしたことを具体的に言ったほうがいい？」

「ぜったい、だめだ！」

松岡は、彼の口を塞いだ。

「よかった。おにい、これからは、自分の幸せも考えて。二人で仲良くしてね」

久遠寺がにっこりと王子スマイルを発した。

あ、まぶしい。キラキラする。

「もちろんですよ。任せておいてください」

松岡も不承不承、だが、しっかりした声で言った。

「そうだね。そうするよ」

美里が感心している。

「それにしても、おにいがこんなすごい人を捕まえるなんて、前世でどんだけいいことをしたんだろ。きっと、徳を積んだんだよね」

久遠寺と松岡は顔を見合わせた。そして、笑い出した。

「なに、どうしたの」

「そう、きっとそうだよ。ぼくは、お金持ちだし、ハンサムだし、雨の日カードも使えるし。お買い得だと思うんだよね」

「久遠寺は、自分で言うところがだめだ」

「これから、そういうことも松岡にたくさん教えてもらわないとね」

美里は、嬉しそうだった。

「よかった。おにい、すごく優しいけど、私のことばっかりで、結婚してしまったら、どこかに行ってしまうんじゃないかと心配だったの」

妹は、鋭い。彼女の言うとおり、もう、どうなってもいいと思っていた。彼女に残せるものだけ気にしていた。

「じゃあ、あの、お邪魔したら悪いから。あ、あの。うちのほうには、ちゃんと言っておくからね。心配しないで」

「うん。急がないから。ゆっくりでいいぞ」

そう言って、松岡は美里を見送った。

『もう、いいな』

こたつから、ウサギのぬいぐるみが話しかけてくる。久遠寺にも聞こえているらしい。松岡の魂が溶け込んだからかもしれない。

スヴェトラの、厳しくも優しい声が響く。

『私のお節介はここまで。これからは二人で未来に向かうのだ。アスラン、ヨナーシュ。自然に任せるがいい。オルレリアでのことを思い出すも忘れるも、魂のままに』

「スヴェトラ」

「師匠」

『私は、これよりオルレリアに帰還する。おまえたちにも今のオルレリアを見せてやろう。私の手をつかめ』

松岡と久遠寺はぬいぐるみの小さな手を、それぞれが片方ずつ握った。

とたんに、とても、温かいものにくるまれた。遠い昔、自分を助け出してくれた女魔法使いが、そのマントにくるんでくれた、そのときを思い出した。

『なに、これ？　松岡、あったかい』

『うん、気持ちいいな。師匠、今、俺たちはどうなってるんですか』

『私のフラムにおまえたちを入れている。私のフラムは並み外れてでかいのでな。ぬいぐるみを扱っていても、おまえたちくらいなら楽勝だ。今は、ここに来るまでにずいぶんと魔力を使ってしまって、ほとんど空だしな』

松岡は心配になった。

『そんな。空なのに、師匠はオルレリアまで帰れるんですか』

『魂と肉体は紐付《ひも》いている。肉体がオルレリアにあるので、帰りはほとんど魔力を必要としないのだ。同時に、オルレリアに二人の魂が行ったとしても、私の手を離したとたんに、おまえたちは肉体のあるこの場所に帰還する。行くぞ』

いくつもの世界が、通り過ぎていく。

地球に似た場所も、そうじゃないところもあった。そして、最後には見えてきた。オルレリア。

王の庭。

金色に輝く、あの場所に。

金色に……？

『どうした、ヨナーシュ』

自分の姿を見た。バルボラふうの服にかぶり布。髪は濃緑色。目はおそらく紫に変化していることだろう。

かたわらの久遠寺を見ると、金色の髪に金色の目をしている。白いローブには金糸で薔薇が刺繍《ししゅう》してあった。

金の髪、金の瞳。

どれだけ、愛しただろう。私の王子。

それなのに、師匠だけがぬいぐるみのままだった。

「師匠、師匠の本体はどこにあるのですか。見当たりません」

『私の身体は浮遊大陸にある。魔法学校の中だ。肉体はこの王の庭に許されていないので入れないからな。このままで失礼する。くれぐれも私の手を離すなよ』

「これは、誰かの夢なのですか。私が太古の魔力を解放してしまったので、王の庭は破壊され尽くしたはずです。このように、また芽吹いて育つためには、数百年がかかるはず」

『おまえを救ったバルボラの保存庫だ』

「はい？」

『あの保存庫には、時間を遅くする魔法がかけてあったな。おまえの遺品の中にも保存庫があった。それを応用したのだ。私が結界の入り口を作り、アスランが王の庭に入った。彼の血で太古の魔力の道を封じ、庭に残っていた魔力を転生のために使った。そしてアスランが置いた護符が時間を早め、数百年が一瞬のうちに過ぎ、森はまた金に芽吹いたのだ』

ヨナーシュはかたわらのアスランを見た。

「じゃあ、あなたは……」

王の血で、太古の魔力は封印される。アスランが封印したのだ。だから、あんなに早く、自分と同学年に生まれることができたのだ。

「誤解しないで。ヨナーシュ。別に、英雄になりたかったわけでも、王の庭を救いたかったわけでもないんだ。ただ、スヴェトラが、ヨナーシュと再び会うためには、太古の魔力が必要だって言ったから。だからだよ。ヨナーシュの場合は電池を利用、私の場合は外から叩いて打ち上げるイメージだって、スヴェトラが言ってたよ」

「あなたは、ここで亡くなったのですね」

「そうだね。おまえと私の肉体は、ここで滅びた。オルレリア暦では三十年ちょっとでも、この中では長い時間となる。とっくに朽《く》ち果て庭の一部になってることだろうね。ある意味、この庭が私たちの墓だ。冷たい石造りのものより、ずいぶんと豪華だと思わない？」

今のオルレリアの内政は、どうなっているのだろう。

『オルレリアは、先代の庶子が王に立ったのだ。どうなることかと思ったが、なかなかがんばっているぞ。よき御代《みよ》だ』

「よかった」

オルレリア。緑の大地。自分をかくまってくれた場所。そしてなにより、アスランと出会い、愛を育み、別れた場所。

『もう、いいだろう』

そう、師匠は言った。

『ヨナーシュとアスランの想いは、ここに置いていくがいい。松岡一生と久遠寺宗昭として、前を向いてともに歩んでいくがいい』

金の薔薇が、咲いている。その前で、二人は向き合った。

「これを」

ヨナーシュが頭布をアスランに渡した。アスランはそれを彼の頭にかぶせる。バルボラふうの求婚だ。片手でぬいぐるみの手を持ったまま、アスランはヨナーシュの顎に指をかけた。

「愛している」

「私もです。あなただけを、お慕いしております」

二人は口づけた。

『さらばだ。私の愛し子たち』

ウサギのぬいぐるみが手を離した。

分離する。

そう、思った。アスランとヨナーシュはたしかに自分たちの前世のはずなのに、きっかりと線が引かれていく。ここは、彼らの世界。ここで彼らは生き、愛し合い、いさかい、そして、眠る。

自分たちには自分たちの場所がある。

そこでこれから、生活していくのだ。互いを想いながら。

「師匠、師匠。さようなら。また、いつか会えることを」

『そうだな。また、いつか。新しい私と会えるといい。ヨナーシュ、幸せに。アスランと仲良くな』

戻っていく。フラムが自分の身体に。

気がつくと、二人はこたつの隣で横たわっていた。

長い鮮明な夢から、覚めた気がした。

さようなら、スヴェトラ師匠。

あなたのことが、大好きでした。孤児の自分を厳しく温かく育ててくれたあなたは、私の師匠であり、育ての母であり、尊敬する魔法使いでした。

もう、帰ることのない世界。オルレリア。

「終わったんだなあ……」

そうつぶやくと、久遠寺が松岡の手を握った。久遠寺は松岡の手に、頬ずりをする。

「アスランとヨナーシュの物語は終わったかもしれないけど、久遠寺宗昭と松岡一生の物語は、これから始まるんだよ」

「違いない」

ぐーと久遠寺の腹が鳴った。

「どうしたんだよ」

「急におなかすいてきちゃった。なんか食べるもの」

「ここには、おまえも知ってるとおり、なんもないぞ」

「じゃあ、家に帰ろう」

「おまえ、その格好でか？　なんか、貸してやろうか？」

「松岡のじゃ、ぱつぱつになっちゃうよ。ぼくのほうが、厚みがあるから」

「そういうとこだぞ」

ぽんと、松岡は久遠寺の背中をはたいた。久遠寺はとんでもないことを言ってきた。

「うそだろー？」

「あのね、松岡。最近のセレブはパジャマで外出するんだよ。だからいいよ、このままで」

「ほんとだよ。うちのクリニックにも、パジャマで来る人がけっこういるんだ」

「ここは、日本だぞ。……まあ、いいか。ああ、もう、いいや。うん、帰ろう」

出来合いのデリに、松岡の作ったワカメと卵のスープという、摩訶《まか》不思議な取り合わせだったが、おいしくごはんを食べ終わった。松岡の頬が緩む。

「松岡、どうしたの？」

「いやあ、おまえがおいしそうに食べているところを見るのは、久しぶりだからさ。いいなって思ったんだよ」

「松岡は、いくらでも見て、いいんだからね？」

そう言って、こちらを見て、微笑む彼からは、ひらひらとハートが舞い飛び、チカチカと王子オーラが輝いている。

「う、まぶしい」

久遠寺はこうでなくては。

再会したときから、彼が近づいてくるとまぶしかった。動悸《どうき》やめまいがして、肌があちこちぴりぴりしたり、ぞくぞくしたりした。

「ごちそうさま。松岡。デザートは？」

「なにがいい？　シュークリーム？　メロン？」

「そういうんじゃなくて、もっと甘いものだよ？」

久遠寺は大まじめだ。松岡も、真剣に考えた。

「もっと甘いものって言ったら、砂糖そのもの。和三盆《わさんぼん》か？　買いに行ってきてやるよ。ちゃんと歯を磨くんだぞ。虫歯になるからな」

「もう、松岡ってば、わかってよ。この世で一番甘くて、ぼくが大好きなものってなんでしょう」

なんでしょうと言いながら、こちらを指さすのは、いかがなものかと思う。

「……俺？」

松岡は自分を指さす。

「そう」

「さっきしただろう」

「だって、さっきは、ぼく、へろへろだったんだもん。松岡が勝手にのっかってきて、いっちゃったし」

「なんだと。人聞きの悪いことを言うなよ。おまえのを挿れるのは骨が折れたんだからな」

「それなんだけど」

久遠寺は、心底疑問だというように、松岡を見てくる。

「ぼく、自分のペニスのサイズは、平均よりもかなり立派だと思っているんだよ」

ああ、久遠寺のこういうところが……以下省略。

「まあ、そうだな」

「よく入ったね」

松岡は、テーブルの上に両手の拳《こぶし》を置いた。視線を上げることができない。

「え、どうしたの？　なにか言った」

「……――たから」

蚊の鳴くような声で、ようやく言ったのに、久遠寺が耳をこちらに向けて、「なんだって？聞こえないよ」と言ってのける。てめえ、わざとじゃないだろうな。

「自分で、慣らしたから、だよ。じゃないと、入るわけないだろ」

「今、なんて？」

「何度も言わせるなよ！」

わなわなと、久遠寺が震え始めた。

「なんで、なんで？」

なんでって言われても、困る。自分なりに、男同士のセックスのやり方を検索して、調べて、いきなり入るもんでもないということを知ったし、チャンスは一度だけだというのもわかっていた。失敗するわけにはいかないのだ。こっちだって必死だった。急いでその手のショップに道具を買いに行って、一晩かけて慣らしていったのだ。

「そんな、そんなことを、ぼくが、弱っていたのに、なんで」

「怪我するのはごめんだし、それに……おまえに……よくなって欲しかったし……」

そうじゃないと、魂が溶け合わないから、こっちも必死だったんだ。

もう、まったく久遠寺は、なんでこういうことをこちらに言わせるんだ。なんて、恥ずかしい。

「ああ、松岡。ぼく、すごい後悔してるよ。弱っている場合じゃなかったよ。うちで売ってる、ものすごい強壮剤を使ってでも、ぼくがしたかった。松岡のを拡張したり、慣らしたり。そういうのを。したかった」

「そんなん、これから、いつでもしたらいいだろ」

言ってから、松岡はうろたえた。今、俺、なにを言った。

「え、今の、なに？　そういうこと？　え、え？　松岡？」

聞くな。

くそう、顔が熱い。今まで、この男といて、こんな甘酸っぱい気持ちになったことはなかったのに。どうしちまったんだ、俺は。絶頂に至ったときに、魂は一つに溶けた。それが離れたときに、まるでお土産みたいに久遠寺の一部を持って帰って、久遠寺にも自分の一部がいるみたいだ。

「松岡が、そんなことまでしてくれてたのに、不甲斐《ふがい》ないよ」

だが、彼は、パッと立ち上がった。

「うん、これからがんばる。がんばって、挽回する」

「ついさっきまで、起き上がることもできなかったのに、なに言ってんだよ」

「松岡だって、わかってるでしょ。傷ついていたのは、魂であって、肉体じゃないんだから。身体のほうは、めちゃくちゃ元気なんだよ。ちゃんとシャワー浴びてくるから。しよう？」

「しようって、おまえ」

彼は凄みのある微笑を浮かべた。

「セックス」

久遠寺はもうすっかりと決心してしまっているようだった。

しかたなく、松岡は同意する。

「おまえの調子が悪そうだったら、すぐにやめるからな」

「もう、松岡ってば、心配性だな。ほら、平気だよ」

そう言って、久遠寺は肩をぐるぐると回して見せた。


シーツから、洗い立ての匂いがしているのは、久遠寺がシャワーに行っている間に、交換したからだ。どうせ汚してしまうのかもしれないが、長いこと伏せっていた汗と、先ほどの情交のときの体液が染みている上でするより、いいだろう。

カーテンをあけた。

ここより高い建物は、このあたりにはないので、暮れかかった空だけが見える。

こんなに、穏やかな気持ちでいるのは、いったい、いつぶりなのだろう。

「あいつと、出会ってから気ぜわしかったからな」

それは、前世に遡《さかのぼ》る。

床板を押し上げて、ひょっこりと顔を出した王子様。彼と会ってから、自分の心の平穏は失われてしまった。次に会えるときを待ちわび、会えない間は、寂しくて。それなのに、気持ちの平らかさを取り戻すのもまた、彼ゆえだとは。

「よし」

ベッドに座って、松岡は久遠寺を待った。

「あいつに、あんまり、無理させせないようにしないとな。あの、王子に」

そう思いながら、眼鏡を外してベッドサイドに置いた。

久遠寺のことを、王子だなんて言ったのは誰だ。俺か。

そんなことを、松岡は考えている。

こいつ、こいつ、こいつ。こんなにねちっこいセックスをする男だったのか。

まだ、ほとんど服を着ているんだぞ。シャツの前ボタンを上から三つ、外しただけだ。下のスラックスなんて、前をあけてもいない。背後から、久遠寺に抱き込まれている。彼のほうが肩幅があって手足がうんと長いので、拘束されているみたいになっている。

彼の両足が松岡の腰をはさんで、片手が胸の中に入ってきている。密着した背中が熱い。

何度も、何度も、布の上から撫でられて、松岡のペニスはパンパンに張っている。しゃくり上げるように、間欠的に射精感が噴き上げてくるのに、なかなか最後には至らない。

服を着ているせいだ。

「も……、脱ぎたい」

喘《あえ》ぎながらそう言うと、「だめだよ」と無慈悲に告げられる。自分でスラックスのホックに手をやるのだが、久遠寺に払われる。

「脱がして」

そう言ったのに、久遠寺の手のひらに陰嚢《いんのう》を下からもみ上げられ、内腿《うちもも》が攣《つ》りそうになった。胸に入ってきた指がうごめいている。

「うん。いいよ。ほら、濡らしても」

そんなことを言いながら、耳をなめてくる。

「ううう」

耳の後ろがわを、ていねいに舌で清められ、久遠寺の声の響きにそこから血が熱くなる。

久遠寺の手を止めようと、松岡は両足を閉じようとした。しかし、久遠寺の足が両膝の間に割って入り、それをとどめる。

強く、ペニスの先を引っかかれた。

「あ、あ。あ……ん！」

松岡は、絶頂をこらえきった。だが、その次の瞬間、軽く指先ではじかれた。風船のように、頂点がはじけた。

全身から力が抜ける。

声も出ない。

久遠寺が、自分の服を脱いでいる。続いて、松岡の服を脱がせにかかる。

すっかりと、服を脱がせてしまうと、久遠寺は両手を広げた。そこに、ふらふらともたれかかる。

彼の手が、松岡の背中をさすっている。

「おまえ、ひどい」

泣き言を言うと、「ごめんね」と実もなく謝られた。

「ねえ、松岡」

彼の手が、背骨に添って、おりていく。尾骨を通り、その奥に進められる。

「ここに、挿れたの？」

ん？ と、優しい声音で彼は言った。

「なにを使って、挿れたの？」

「指だよ」

「指だけ？」

「あと、器具とか。ちょっとずつ、太くなるやつ。しょうがねえだろ」

「そうだね、ぼくのを挿れるんだもんね」

そう言って、彼は下半身を密着させてくる。

「言っとくけど、俺が挿れたのは、そんなに凶悪じゃないからな。もっとささやかなサイズだ」

正直にそう言うと、久遠寺はひどく嬉しそうに笑った。輝くような笑顔だった。

ああ、もう。

こいつが、こんなになるのが、俺は、嬉しくてたまらない。

だが。

誓って言う。

「さっきは、そんなに、奥まで、挿れなかった」

両手をベッドについて、松岡は腰を上げて、背後から久遠寺を受け入れている。彼のペニスは、もうこれ以上は入らない圧と重さと熱さを持っている。

それ以上来るなと言っているのに、彼は、引いては押し、引いては押し、根気強く進んでくる。ほんの数ミリ単位なのは、わかっているのに、それが身体の中心を穿《うが》たれているかのような衝撃を与えてくる。

「そうだね。松岡の中できっさきをしごきまくられただけだったもんね。でも、もう、それだけじゃ足りない。ぼくは松岡を深くまで味わいたいんだもの」

「むり、むりむりむりむり」

松岡は、ベッドに肘《ひじ》を突いた。それと膝で、前に進もうとした久遠寺が松岡の手を引いて

それを阻む。

「暴れないで。怪我させちゃうよ。硬くなったぼくのを挿れているから」

「ほんとにむりだから！」

「わかったよ。いったん、抜くから」

そう言って抜きにかかったのだが、その動きがまた、いやらしい。

ざわざわ、ざわざわ、内部に彼の動きを余すところなく伝えながら、引いていく。時折、軽く、腰をひねられて、声を漏らさずにはいられなかった。

「あ、ああ」

たらたら、たらたら、自分のペニスの先端から、液が漏れている。さきほどのように、噴き上げるのではなく、緩慢な、快感。

だけど、嫌いじゃない。

背中に久遠寺の指がふれる。肩甲骨の間をなぞっている。

「うう」

額を下げる。上半身がベッドに落ちた。胸の先がシーツにこすりつけられて、じれったさを倍増させた。

久遠寺のペニスの先端が、ようやっと、自分の身体から抜け落ちた。腹がそのぶんへこんで、ようやっと呼吸ができるようになった気がする。

松岡は腹ばいになってから仰向《あおむ》いた。

「おまえ、そんないっぱいいいっぱいに挿れてくるなよ」

「まだだったよ」

獰猛《どうもう》な目をしていた。

彼の指が、松岡の下腹の茂みから、臍《へそ》近くまでをなぞった。

「ここまで、入るよ。知ってるもの。松岡の、中の形を」

「おまえ、なんてことを」

どんだけ奥まで挿れる気なんだよ。そんなところにまき散らされたら。そうしたら、俺の身体はどうなっちまうんだよ。

しかし、屹立《きつりつ》している彼のものは、充分にそこまで、たどりつきそうで、松岡はびびった。

腰を引いたのを、追いかけられて、覆い被さってきた。

そうなると、松岡は動けない。

普段は感じないのだが、彼と自分では身体の密度が圧倒的に違う気がする。

「逃げないで」

気持ちは受け入れてやりたいが、身体が怯えている。

だが、久遠寺に肩を摑《つか》んで強引に引き戻された。

「松岡。松岡」

揉《も》み合うように絡《から》まった身体は、何度か滑ったあとにまた一つになった。久遠寺は呵責《かしゃく》なく挿れてくる。奥まで響いて、ひたすら逃れようとするのを、彼が松岡の背中側から腕を入れて肩を摑み、阻んだ。

身体がたわみ、丸まり、腰だけが生きているみたいに、動いて、動いて、何度も奥まで抽送《ちゅうそう》が繰り返されて。

彼のペニスが自分の奥で、熱い塊みたいに飛沫《しぶき》を上げる。

「あああああ！」

松岡は彼にしがみついて、肩口を嚙んだ。そうしなければいられないほどの、激しい愉悦だった。


「大丈夫？」

ぺかー。きらー。

パンツ一枚にシャツを羽織っただけだというのに、久遠寺は最高に輝いていた。

「ほら、松岡。お水だよ。飲める？　ほかの飲みもののほうがいい？」

松岡は起き上がり、あぐらをかいた。彼が持ってきたどこぞのお高そうな水のペットボトルをひったくると、キャップを外して中を飲み干した。

彼が自分を抱きしめてくる。

「すごく、よかったよ」

「俺は、さんざんだ。股関節が外れそうだ」

「またまた。むりな動きはさせてないはずだよ。どれ、見ようか？」

彼がかがむと、裸の肩に自分の噛み痕があった。

「いい」

噛み痕とは反対側の肩を向こうに押しやり、「平気そう」と言う。

「なんでも言って。今日は、ぼくは松岡の奴隷《どれい》だよ」

う。まぶしい。

とびきりの笑顔がまぶしくてたまらない。そして、嬉しくてたまらない。


松岡は翌日から、ホームワークを返上して、斉藤合同税理士事務所に出社することにした。

「ご迷惑をおかけしました」

深々と腰を折って謝罪したのだが、大先生は「いいんだよ。うちは、そういうの、できるだけ都合をつける主義なんだから。お互い様だよ」と言ってくれた。

「ん……？」

仕事が溜まっていた。

パソコンにデータを入力していて思ったのだが、どうにも肩が痛い。

「なんだ……？」

シャツがこすれるたびに、ひりつく痛みがある。トイレに行ったときにシャツを脱いで確認してみた。だが、肩の後ろのところなので、よく見えない。ちょうどそこに、大先生が入ってきた。

肩を出している松岡に驚いている。

「どうしたの？」

「なんだか、肩が痛くて。なにかなってますか？」

言い訳のようにそう言って、彼に背を向ける。

「ああ、これ。赤くなってるね。ミミズ腫《ば》れ……じゃなくて、指の痕じゃない？」

久遠寺だ。そう思ったとたんに、顔に火がついた。

「大丈夫？　ひどいこと、されてない？　いい弁護士さん、紹介するよ？」

そう言った大先生なのだが、松岡の顔を一目見ると、みるみる彼まで顔を赤くした。

「ご、ごめんね！」

もう、久遠寺の馬鹿野郎！　そういうプレイが好きな人みたいだろ。

そう思いながら松岡はシャツを着直す。

おまえは王子じゃない。野獣だ。野獣。

だが、自分だって噛みついた。あいつの肩も腫れているかもしれない。帰ってきたら、見てやろう。

文句をひたすら、垂れているはずなのに、それなのに、なんだろう。笑えてきてしまうのは。

席に戻って仕事を再開したのだが、橋本がつつっと寄ってきた。

「彼氏さん、お元気になってよかったわね」

「ええ。おかげさまで、すっかり。今朝も、俺の作った味噌汁《みそしる》が熱いって、文句言ってました。さきによそっておいてやったのに」

「あらまあ、お味噌汁は熱いものじゃないかしら」

「そうですよね。でも、自分でがんばって飲んでたから、進歩だと思います」

久遠寺の「ああ、やっぱり、松岡の作る味噌汁は最高だ」という褒め言葉がくすぐったかった。彼は、ほんとにおいしそうに飲んでくれる。そう言ったら、「だって、ほんとにおいしいもの」とピカピカの笑顔を返してくれた。

「それは、なによりだわー」

「ですかね」

にやついてしまう自分を抑えられない。この俺が。

「俺、幸せなんです」

不意に口を突いて、自分に驚く。これを誰かに言いたかったのだと気がつく。

「あいつが目の前にいて、なんやかんや言って、二人で笑っていて、ここに来ても思い出して、帰ったら簡単なものを俺が作って、家にあいつが『ただいま』って入ってくる。それを思うだけで、めちゃくちゃに、どうしようかってくらいに、幸せなんです。どうしてだろう」

橋本は、言った。

「それが愛の力ってもんなのよ」

天啓のように、その言葉は響いた。

松岡は、あっけにとられて、彼女を見つめた。

「どうかした?」

彼女は、自分がたいしたことを言っているとは思っていないらしい。

きょとんとしている。

そう、いつもと同じだ。

ただ、受け取る自分が変わったのだ。

「いえ、ほんとにそうだなって思ったんです」

そうか。俺たちは愛し合っていたんだ。ずっとずっと、互いを求めて、今ようやく、結ばれたんだ。

つらいことも、苦しいことも、今後どちらかが病に倒れることもあるかもしれないけれど。

身分の差もなく、国を背負ってもいない。

おまえに婚約者がいるわけでもない。

おまえを俺のものだと胸を張って言える。


それだけで、嬉しい。

こんなにも、嬉しい。

泣きそうに、嬉しい。


スヴェトラが帰ってしまってから、数ヶ月が過ぎた。季節はもうすぐ夏だ。

久遠寺は、すっかりオルレリアのことを口にしなくなった。

久遠寺クリニックも斉藤合同税理士事務所も順調だ。

毎日、楽しく笑って過ごしている。

久遠寺に手入れされて、松岡はすっかり丈夫になり、いっそう、お肌はピカピカになっている。

前までは冴《さ》えない色白の男だと思っていたのに、内側から生命力があふれ、なかなかの色男になったもんだと自分でも思う。

だんだん、前世の記憶は薄れていく。

自分からも。おそらくは久遠寺からも。

今では、夢の中のことのようだ。
それでいいのだと思いつつも、さびしくもある。
だが、アスランとヨナーシュは、自分たち二人の奥底にある。
すべてが繋がって、ここにある。

愛していると言ってくれ

スヴェトラがいなくなって半年ほど。松岡《まつおか》と久遠寺《くおんじ》は品川のタワーマンションで、相変わらずの暮らしを続けていた。

その日の夕食は、奮発してビーフシチューだった。松岡にとって汁物料理の最高峰と言える一品で、自分で言うのもなんだが、とてもうまくできたと思う。久遠寺も喜んでくれた。

「いつも、おいしいものを作ってくれてありがとう。お礼に今度、ごはんを食べに行こうよ」

「うーん」

松岡はうなる。久遠寺がけげんそうな顔をした。

「いやなの？」

「いやじゃねえけど、久遠寺の行くところって、なんだかやたら高級じゃないか？」

「そんなことないよ。行きたいのは、シェルブールって気軽なフレンチなんだ。もちろん、支払いはぼくが持つし」

うん、おまえが金持ちなのは知ってる。前世でも今生《こんじょう》でも、おまえは王子で、俺は庶民だ。

「これは、俺の気持ちの問題なんだよ。できるだけ、自分で稼ぐ金の範疇《はんちゅう》でやりくりさせて欲しいんだ」

このマンションの家賃を松岡は払っていない。本来なら半分は負担したいところだが、そうしたら、松岡の月収支は常に赤字になってしまう。

「松岡のそういうところって、潔《いさぎよ》くていいよね。好きだな」

そう言って、久遠寺はにっこり笑った。そうすると、星がちかちかとまたたくのが、松岡には見える。まぶしいにもほどがある。

それも、この男とつきあいだしてからこっち、光度を増している。そのうち、こいつの顔が見えなくなるんじゃないか。これは、今でも前世の記憶を持ち続けている、フラムの大きな自分ならではなのだろうか。

「おまえは、よくそんな言葉が流れるように出てくるよな」

「そうだね。松岡に比べれば」

「いや、俺だってあるだろ？　つい最近だって……」

ん？　いや、待てよ。

いつも、心の中では言っている。愛しているとか、かっこいいとか、好きだなあとか、つぶやいている。だが、それを口に出して言ったことは――……

「あれ？　おかしいな。いや、言った。たしかに、言った」

お慕いしていますって言った……のは、あれは、ヨナーシュだ。前世の自分だ。そうか、そうだったか。

「おまえ、いつも、どうやって言葉を発してるんだ？」

久遠寺はニコッと笑った。

「いい？　こうして、松岡のことをじっと見つめるでしょう？　そうすると、松岡が今日、ぼくのためにおいしいビーフシチューを作ってくれたこととか、ちゃんと少し冷ましてくれたこととかを思い出して、嬉《うれ》しい気持ちになる。それから、まるで真珠のネックレスが繫《つな》がるみたいに、ぼくが帰ってきたときに、嬉しそうに笑ったこととか、お風呂でご機嫌で鼻歌を歌っていたときとか、それから、ぼくと夜を過ごしたときの様子とか、どんどん思い出されてきて、そうすると、好きだなあってなって、その気持ちが自分の胸の中だけではおさまりきらなくなって、思わず言葉にしてしまうんだよ。『愛している』って」

そう言って、久遠寺は、手を伸ばして松岡の頰にふれた。

「愛してるよ」

そこまでのなめらかな弁舌に、松岡は感心してしまう。

「おまえ、すごいなー」

さすが、海外帰りは違う。

「そう？　ふつうだよ。松岡のことが、どうしようもなく、大好きなだけ」

こいつにとってのふつうは、俺にとってはふつうじゃない。これは、ゆゆしき問題だ。

斉藤《さいとう》合同税理士事務所の昼休みに、コンビニ弁当を食べようとデスクに置いた松岡に、橋《はし》本《もと》が温かいお茶を淹《い》れてくれた。

「橋本さん、いいんですよ。こんなことしなくても」

この事務所では、女性の事務員にお茶出しをさせるようなことはない。来客時のお茶も担当者が自分で淹れる決まりになっている。

「いいの。今日は特別」

「……ありがとうございます」

もしかして、へこんでいたのをさとられてしまったのだろうか。そんなに、顔に出ていたのか。

「あ、お茶、おいしい」

「そうでしょう？　ときには、いいものでしょ。人に淹れてもらうのも」

単なる来客用のお茶が、喉に染みるほどにうまい。

「そうですね」

ふっと、彼女に言ってみる気になった。

「橋本さん」

「なあに？」

「美人は三日で飽きるって言うじゃないですか」

席に戻ろうとしていた橋本は椅子を持って戻ってくると、かたわらに座った。

「言うわねえ」

「だから俺は、そのうち慣れると思っていたんです。でも、いっこうに慣れなくて。それどころか、まぶしさが増すばかりで。もう、こう、響くというか、久遠寺の威力が凄《すさ》まじすぎて。あいつと、肝心なところでうまく会話ができないんですよ」

「でも、好きなんでしょ？」

「好きです。どうしてってくらい」

「それならそれを、素直に伝えればいいんじゃないかしら。うまく言葉にできないから、いらいらしてしまうのよ。素直が一番」

その通り。正論過ぎる。橋本にこのように納得させられる日が来るとは思わなかった。

「ふふふ。反抗期の子どもを育てていたら、そんなことは日常茶飯事なのよ」

橋本は、軽やかに笑った。


とはいえ、何度か挑戦したものの、うまく言葉にできないままに日は経《た》ってしまい、半分諦《あきら》めていたころ。

久遠寺の様子がおかしいことに、松岡は気がついた。そわそわしている。浮ついている。

「なんか、いいことがあったのか？」

聞いてみると「ぼく、顔に出てた？」と、返ってくる。ああ、出ていたとも。丸わかりだ。

「割とあからさまに」

久遠寺は、嬉しそうに笑った。

「すごく、すてきな人に会ったんだよ」

「へ、へーえ」

「誰？」とそのときに聞いてしまえばよかったのに、そのまま流してしまった。あとから聞くのはわざとらしい。まるで自分が、その相手をすごく気にしているみたいじゃないか。

だが、気になる。めちゃくちゃ気になる。久遠寺は仕事柄、目がくらむように美しい女性におおぜい会うのに、その誰に対しても平等で特になにか言ったことはなかったのだ。


そして週末、松岡は久遠寺に「接待なので、夕食は作れない」と嘘をついた。そして、久遠寺クリニックの前で、久遠寺が出てくるのを待った。最近は久遠寺は徒歩でクリニックに通うようになっていた。帰宅時間から類推した時間ちょうどに、彼が出てくる。

松岡は、あとをそっとついていく。

彼が入っていったのは、ビルの中に入っているフレンチレストランだった。シェルブールという店の名前からして、久遠寺が誘ってくれた店に違いない。入り口から中を窺《うかが》うと、彼はテーブル席に案内されている。そこにいたのは、意外な人物だった。

――橋本さん？

衝撃のあまり隠れることも忘れて棒立ちになっていると、後ろから来た客に押される形で、店の中に入ってしまった。スタッフに挨拶される。

「いらっしゃいませ。お一人様でしょうか。カウンター席でしたら、ご用意できますが」

松岡は久遠寺たちに知られないように小声で言った。

「あの、一番隅っこで」

そこからなら、二人がよく見えるのだ。

二人は、楽しそうにメニューを見て、料理を選んでいる。

――ずいぶん、話が弾んでいるみたいだな。

こちらからは、久遠寺の表情がよく見える。頰を染めている。恋をしている顔だ。

恋。

久遠寺が、俺以外に。

久遠寺を、ここは、笑って送り出すべきじゃないのか。かつて久遠寺に、自分を忘れて、新しい人生を送って欲しいって願ってたんじゃないのかよ。それは、嘘か。

自分に問いかけると返事があった。

嘘じゃない。ほんとにそう思っていた……――かつては。でも、今、俺と久遠寺はつきあっているんだろう。それも、あいつから熱烈なアタックがあって交際は始まったはずだ。それなのに、ほかに目を移すなんて、ありえない。

さらに、反論が湧いてくる。

おまえはめでたいなあ。恋愛は長続きしないもんなんだよ。現に、おまえの両親だって、愛し合って結婚したのに、いがみ合って離婚した。そういうもんだろ。久遠寺が、おまえに詳細を話さないのが、せめてもの温情だと思わないのか。自然消滅を狙っているんだよ。

松岡の胃がしくしくと痛み出していた。

なのに、頼んだ赤ワインを飲まずにはいられなかった。

「……松岡？　今日は接待じゃなかったの？」

気がつくと、背後に久遠寺が立っていた。橋本もいる。彼女が驚いている。

「やだ、松岡先生。ワイン一本あけちゃってますよ。それほどお酒に強くないですよね」

「久遠寺」

彼のスーツのウエストに、松岡はすがりついた。久遠寺の匂《にお》いがする。自分のものだと信じていた匂いだ。

「橋本さんと、幸せになってくれ」

「え、松岡。なに言ってるの？」

フレンチレストランでこんな醜態。店の人が困る。それを理解しているのに、どうしても止められない。

「だけど、俺、おまえと、別れたくない」

久遠寺が抱き返してくれる。この体温を、手放したくない。どうしても。

松岡は自分の部屋で目を覚ました。日が高い。頭がずきずきする。昨日、飲み過ぎたらしい。今日が休日で、本当によかった。

「ん……？」

昨日のことを思い出す。ずーんと、それは、松岡の心を二日酔い以上にへこませた。

松岡のベッドルームのドアが開いて、久遠寺が現れた。

「大丈夫？　はい、水と二日酔い用のサプリメント。うちのクリニックの特別製だよ」

「そんなものまであるんだ」

飲むと、少し気分がよくなったような気がした。

「言っとくけど。橋本さんはすてきな女性だけれど、ぼくが愛しているのは、松岡だけだからね」

「だって、おまえ、楽しそうだった」

自分の直感は間違っていないはずだ。これで否定されたら、よけいに疑ってしまう。だが、久遠寺はあっさりと言った。

「うん、とっても、楽しかったよ」

ほらみろ。

「橋本さんには名刺を渡していたから、お試しでクリニックに来てくれたんだ。彼女、聞き上手だし、松岡のことをいろいろ教えてくれたから、ついつい話が弾んじゃったよ」

「いろいろって?」

そういえば、この前、橋本が茶を淹れてくれたときに、つい、よけいなことを話してしまったような気がする。

「松岡が、ぼくのことをまぶしいって言ってるって。だから、時折顔をしかめてたんだね。ぼくはまた、なにか気に食わないことをしたのかと思ってた」

松岡は頭を抱えて、ベッドに突っ伏した。蚊の鳴くような声で言う。

「そんなん、ない」

「うん?」

「おまえに、気に食わないところなんて、なにひとつ、ない」

「まだ、気分悪い?」

「もう、平気だ。それに、久遠寺が、欲しい」

松岡は手を伸ばした。

＊　＊　＊

夕食のときに、久遠寺は松岡をじっと見つめてきた。

「そんなに……見るなよ」

「ごめんね。さっきまでのことを思い出してた」

どうかしてたよな。いつもはしないくらいに積極的になってしまった。久遠寺のを舐《な》めたり、自分のを舐めさせたり、指で責められたり、声をあげたり……——もう、恥ずかしすぎる。

「松岡は、ベッドの上だと素直になってくれるんだね」

「もう、ほんとに勘弁して下さい」

「うん、勘弁してあげるよ。これ以上、言わない。でも、思い出すのは自由だよね」

なんだか、真綿でくるまれて、じわじわしめられているような気がする。

うん？　それってどうなんだ？　もしかして、けっこう気持ちいいんじゃないか？

「そういや、あそこは、おまえのお気に入りの店なのに、すまん。あんなことになって」

久遠寺は微笑《ほほえ》んだ。

「気にしなくていいよ。次には一番高いコースを予約したから。それでチャラにしてもらうよ。一緒に行ってくれるよね、松岡」

ああ、こいつにはかなわない。一生、ずっと、かなわない。そして、それは、とても幸せなことだと松岡は感じたのだった。

あとがき

こんにちは。

読んでいただいて、ありがとうございます。

ナツ之えだまめです。


この話を書いている最中に、いきなりファイルの内容がnullに置き換えられてしまい、呆然となりました。

「null」って、検索したら「なにもない」ってことらしいですよ。ということは、私のファイルが虚無に？　消去ならまだわかるけど、虚無とはこれいかに。結局、自動バックアップからなんとか復旧できたのですが、「？？？」な出来事でした。とか言っていたら、知り合いの作家さんも渾身の小説がnullになったそうで、おそろしいことです。


さて。

いろいろお話ししたいことはあるのですが、あとがきから読まれる方がけっこういらっしゃるらしい（当社ツイッターで調べたところ、二割強。ちなみに担当のAさんもあとがき先派だそうです）ので、むにゅむにゅしつつ、無難に語りたいと思います。

オルレリア。

そう、オルレリアに関してなのですが、じつはもっと書いております。久遠寺がアスランとヨナーシュの出会いを思い返しているところとか、楽しい夏のおしのびおでかけとか、ほんわかしていてすごく好きなのですが、ストーリーの構成上、大胆に削らせていただきました。

小冊子にするにも長いので、いずれまた別の形で読んでいただけると嬉しいなあと思っています。

それから、オルレリア暦なんですが。

これ、ちゃんとExcelで年表を作ったんですよ。

でも、最初、どうしても年がうまく入らなくて、nullのとき同様、「？？？」ってなりました。

知ってましたか？

通常、Excelでは、１９００年からしか年表が作れないことを。Excelにとっては、歴史は１９００年から始まるらしいですよ。

しょうがないんで、生まれて初めて、Excelでマクロを組みました。おそるべし、オルレリア。

鈴倉温先生。最初から、久遠寺と松岡はもちろんのこと、アスランとヨナーシュが完璧でした。すばらしいイラストをありがとうございます。

担当のAさん。今回も、伴走、大感謝です。ずっとオルレリアのことを考えていたので、ここから離れるのが惜しいくらいです。

読んでくださる皆様には、ひととき、楽しんでいただけたなら、幸いです。

ではまた、次の物語でお目にかかりましょう。

ナツ之えだまめ

✦初出　転生王子と運命の恋は終わらない……………書き下ろし
愛していると言ってくれ…………………………書き下ろし

ナツ之えだまめ先生、鈴倉 温先生へのお便り、本作品に関するご意見、ご感想などは
〒151-0051 東京都渋谷区千駄ヶ谷 4-9-7
幻冬舎コミックス　ルチル文庫「転生王子と運命の恋は終わらない」係まで。

幻冬舎ルチル文庫

転生王子と運命の恋は終わらない

2022年1月20日　　第1刷発行

✦著者	ナツ之えだまめ　なつの えだまめ
✦発行人	石原正康
✦発行元	株式会社 幻冬舎コミックス 〒151-0051 東京都渋谷区千駄ヶ谷 4-9-7 電話 03(5411)6431［編集］
✦発売元	株式会社 幻冬舎 〒151-0051 東京都渋谷区千駄ヶ谷 4-9-7 電話 03(5411)6222［営業］ 振替 00120-8-767643
✦印刷・製本所	中央精版印刷株式会社

✦検印廃止

ISBN978-4-344-84988-4　C0193　Printed in Japan